अधूरी दास्तां..

मोहित कुमार शर्मा

अधूरी दास्तां..

उपन्यास

मोहित कुमार शर्मा

अंजुमन प्रकाशन

अधूरी दास्तां (उपन्यास)

© मोहित कुमार शर्मा

49 पंचवटी एक्सटेंशन, पवन सिनेमा के सामने
जीटी रोड गाजियाबाद, (उत्तर प्रदेश) 201001
मोबाइल - 9560619590
ई-मेल - mohitkumarsharma41@gmail.com

मूल्य भारत में   ₹ 150
मूल्य विदेश में $ 8

प्रकाशक   : **अंजुमन प्रकाशन**
           942, आर्य कन्या चौराहा
           मुठ्ठीगंज, प्रयागराज, उत्तर प्रदेश, भारत
           website - www.anjumanpublication.com
           E-mail - anjumanprakashan@gmail.com

आवरण   : श्री कम्प्यूटर्स, प्रयागराज
टाइपसेटिंग   : श्री कम्प्यूटर्स, प्रयागराज
मुद्रक   : रेप्रो नॉलेजकास्ट लि ठाणे
संस्करण   : प्रथम, जनवरी 2019, पेपरबैक
ISBN   : 9789386027191

उड़ गयी तू उस पंछी जैसी, इंसानों की दुनिया से।
यहाँ बँधी थी एक बेड़ी में, वहाँ उड़ेगी अंबर में।।

पंछी बनकर आऊँगा मैं, दोनों मिलकर साथ उड़ेंगे।
क्या कहेगी दुनिया फिर, ये पंछी कैसे आजाद हुए।।

उस गगन में आशा होगी, न उम्मीदों पर पहरा होगा।
न जाति धर्म की बंदिश होगी, पूरा नभ हमारा होगा।।

पंछी बनकर रोएँगे हम, जब जब अत्याचार होगा।
तू नागर की चिड़िया होगी, मैं जाटों का बाज बनूँगा।।

आसमान भी अपना होगा, धरती पर फिर राज करेंगे।
हिन्दू दे या मुस्लिम भी, सबका दाना अपना होगा।।

सच कहता हूँ दुनिया वालों, मेरे घर या बाहर वालो।
रोज मरेगा अपना भी कोई, जब जब ऐसा खेल चलेगा।।

आग लगा दो पंचायत को, होली जला दो अभिमानों की।
नील गगन में उड़ने दो अब, मेरे सपनों का क्या होगा।।

बेटी थी तू उस घर की, उस आँगन की चिड़िया भी थी।
पंख काटकर फेंक दिया क्यूँ, अब कैसे तू उड़ान भरेगी।।

उड़ गयी तू उस पंछी जैसी, इंसानों की दुनिया से।
यहाँ बँधी थी एक बेड़ी में, वहाँ उड़ेगी अंबर में।।

अनुक्रम

लिटरेचर फेस्टिवल से

लिटरेचर फेस्टिवल का आज आखिरी दिन है। हमारी संस्था द्वारा उभरते लेखकों को प्रोत्साहित करने के लिए हर साल इमर्जिंग राइटर अवार्ड और पाँच लाख रुपये की धनराशि दी जाती है। आप सभी यह जानने के लिए उत्सुक होंगे कि इस साल यह अवार्ड किसे मिलेगा। इस साल यह अवार्ड मिलता है.. अधूरी दास्तां के लेखक नीरज चौधरी को। इस नॉवेल की देशभर में एक लाख से ज्यादा प्रतियाँ बिकीं, देशभर में चार भाषाओं में इस नॉवेल का अनुवाद हुआ; जाति प्रथा, पंचायत और ऑनर किलिंग पर लिखी गयी इस किताब का देशभर में खूब विरोध भी हुआ। अधूरी दास्तां के लेखक नीरज चौधरी ने अपने दोस्त विवेक चौधरी को खोया, बस उसी की याद में लिखी गयी है अधूरी दास्तां। हर शब्द सामाजिक ताने-बाने पर एक दर्दभरी दास्तां कहता है। मैं नीरज चौधरी से निवेदन करूँगा कि वह स्टेज पर आएँ और अधूरी दास्तां के बारे में हमारे दर्शकों को कुछ बताएँ..

अवार्ड लेने के लिए मैं स्टेज की ओर बढ़ रहा था। ये किताब मैंने अपने दोस्त विवेक चौधरी और उसकी दोस्त साक्षी नागर की ऑनर किलिंग के बाद लिखी थी। अवार्ड लेने के लिए मेरे साथ विवेक की बहन प्रियंका भी

आयी थी। जब मैं स्टेज पर चढ़ रहा था तो प्रियंका अपने आँसू नहीं रोक पायी, स्टेज पर चमचमाती शील्ड और भारी रकम का चेक भी सुकून न दे सका। उस दोस्त की कमी ये शील्ड या कोई भी रकम पूरी नहीं कर सकती थी, फिर भी मुझे अपनी बात इन शब्दों में कहनी पड़ी..

''अवार्ड देने के लिए शुक्रिया.. अधूरी दास्तां एक ऐसी कहानी, जो मेरे दिल के सबसे करीब है। ऐसी कहानी, जिसे मेरे दोस्त ने महसूस किया; मैंने बस उसे शब्दों की माला में पिरोया। विवेक चौधरी मेरा सबसे अच्छा दोस्त था, जिसे सामाजिक बंदिशों ने मार डाला, उसकी हत्या कर दी गयी... उसका गुनाह सिर्फ इतना ही था कि उसने लखनऊ में उसी के दफ्तर में काम करने वाली साथी रिपोर्टर से प्यार किया। जाति बिरादरी अलग होने के कारण दोनों की हत्या कर दी जाती है।'' स्टेज के सामने बैठी प्रियंका, भाई को याद कर फफक-फफककर रो पड़ी। वो ऑनर किलिंग था। इस सच्ची कहानी में पहले साक्षी नागर की हत्या होती है और विवेक पर भी जानलेवा हमला होता है, लेकिन उस समय तो वो बच जाता है। साक्षी की मौत के कुछ समय बाद गाँव में पंचायत होती है। पंचायत, सामाजिक मान-मर्यादा के लिए की गयी हत्या मानकर जायज ठहरा देती है। पंचायत में साक्षी की मौत की कीमत तीन लाख रुपये लगायी गयी। विवेक ने पंचायत के फैसले को मानने से इंकार कर दिया तो पंचायत ने विवेक और उसकी माँ और सामने बैठी इस बहन को भी गाँव से निकालने का फरमान सुना दिया''

''फिर क्या था... कुछ दिनों बाद विवेक की भी हत्या हो जाती है और एक हँसता खेलता परिवार बिखरकर सड़क पर आ जाता है। शायद खुदा ने ही वो कहानी अधूरी लिखी थी। विवेक और साक्षी दोनों हार जाते हैं और जीत जाती है पंचायत। विवेक अपने जीवन से जुड़ी घटनाओं को डायरी में लिखता था। लखनऊ में रिपोर्टिंग, पंचायत और अंत तक का किस्सा लिखा था उसकी डायरी में... बस उसी डायरी से लिखी गयी कहानी है.. अधूरी दास्तां..''।

''उस बेघर परिवार से मेरा पुराना नाता था। मुझे लगा इस कहानी को बेचकर एक परिवार की मदद भी की जा सकती है, जो विवेक के जाने के बाद बेघर और पाई-पाई का मोहताज हो गया था। पंचायत का फैसला न

मानने के कारण परिवार को सामाजिक बहिष्कार झेलना पड़ा, गाँव से बाहर कर दिया गया। किताब लिखने का उद्देश्य, देश का ध्यान पंचायतों की तरफ आकर्षित कराना भी है। पंचायतें अदालत नहीं होती हैं, फिर भी फैसले अदालत की तरह क्यों लेती हैं? कोई भी पंचायत अदालत से बड़ी नहीं हो सकती है। मरे हुए दोस्त पर किताब लिखना मुश्किल था, लेकिन बेमन से मैंने ये किताब भी मुकम्मल कर दी..

पढ़ाई से अरमान टूटने तक का सफर...

बात उन दिनों की है, जब हम दिल्ली के खुले आसमान में उड़ रहे थे, न हमें गिरने का डर था, न ऊँची उड़ान की आशा। समय का समुद्र हमें अपने साथ बहाकर ले जा रहा था। जुलाई 2012, जिंदगी का वो सबसे अच्छा समय.. जब हमने दिल्ली में पोस्ट ग्रेजुएट इन जर्नलिज्म कोर्स में दाखिला लिया था। विवेक और मैं (नीरज) मुजफ्फरनगर से, विकास बरेली से, अवनी बिहार से और इरफान गोरखपुर से आया था... पत्रकार बनने का सपना लेकर। कैंटीन की चाय, लाइब्रेरी की गुफ्तगू और सराय जुलैना के रेस्टोरेंट्स के बीच कब एक साल बीत गया, कुछ पता ही नहीं चला।

गाँव के भट्टों पर खेलते-खेलते कब पत्रकार बनने का सपना देखा.. और किस्मत भी अच्छी थी कि मेरा और विवेक का दाखिला एक साथ हो गया। घरवालों की नजर में हम पढ़ाकू बन गये थे। मेरे और विवेक के बाबाजी को कभी जर्नलिज्म कहना ही नहीं आया। शायद उन्हें लगता था कि जर्नलिज्म कोई बड़ा कोर्स होगा... जितना कठिन नाम है उतना ही कठिन कोर्स भी होगा।

एक साल का कोर्स कब पूरा हुआ, कुछ नहीं पता। सोचा था कि जब कोर्स पूरा होगा तो हाथों में माइक होगा, कोई 'कैमरा ऑन!' की आवाज

लगाएगा और हम टीवी पर आने शुरू हो जाएँगे। हमारी मम्मियाँ पूरे गाँव को इकट्ठा कर कहेंगी कि हमारा छोरा टीवी पर समाचार सुना रहा है। मम्मियों का टीवी पर हमें देखने का सपना भी अधूरा रह गया। दाखिले से पहले कॉलेज का 100 प्रतिशत प्लेसमेंट का दावा फुस्स निकला। नौकरी नहीं मिली तो लगा कि समाधि ले लें, अपने घर के देवता पित्तर बन जाएँ... लेकिन वो भी कहाँ आसान था।

मेरा और विवेक का गाँव मुजफ्फरनगर जिले में आस-पास ही था। हम दोनों दोस्त छठी क्लास से बीए तक साथ पढ़े, फिर साथ-साथ पत्रकारिता की पढ़ाई भी कर ली। नौकरी मिली तो अखबार में, यानी प्रिंट मीडिया में। खैर जो भी हमने पाया, स्वीकार किया और समझौता किया अपने सपनों से।

न्यूज चैनलों के चक्कर काटते-काटते एक साल में तीन जोड़ी जूते घिस गये थे। एनसीआर का कोई न्यूज चैनल ऐसा नहीं बचा, जहाँ बायोडाटा न लगाया हो, लेकिन किसी ने हमें घास नहीं डाली। हमें लखनऊ में अलग- अलग लोकल अखबारों में नौकरी मिली। गाँव में 'ठ' से 'ठप' का 'ठप्पा' लगते-लगते बचा। दुःख था कि हमें अलग- अलग अखबारों में नौकरी मिली, लेकिन एक सुकून भी था कि हम दोनों को लखनऊ में नौकरी मिली है। बाकी दोस्तों को तो नौकरी मिली ही नहीं थी। गाँव वालों की नजर में अब हम 'स' से 'सफल' हो गये थे।

रोजी-रोटी की खातिर और घरवालों की उम्मीदों पर खरा उतरने के लिए लोकल अखबारों से नौकरी शुरू की। नवाबों के शहर लखनऊ में हमें घुलने-मिलने में ज्यादा समय नहीं लगा। हमने लखनऊ के एक हॉस्टल को अपना ठिकाना बनाया। पत्रकारिता से ज्यादा हमारा मन लखनऊ में लग रहा था। देर रात तक गोमती नदी के किनारे घूमना, कभी मॉल जाना, कभी चिड़ियाघर तो कभी हजरतगंज में किताबों की दुकानों पर जाना हमारी आदत बन चुकी थी। जिंदगी में बदलाव तब आया, जब विवेक के ऑफिस में साक्षी नागर नौकरी करने आयी।

उनकी पहली मुलाकात...

विवेक का अखबार यूँ तो लखनऊ का छोटा अखबार था। रामनरेश कुमार त्रिपाठी इस अखबार के संपादक थे, खुद को तीसमार खां समझते थे... चापलूसी के दम पर स्थानीय संपादक का दर्जा जो मिला था। पत्रकारिता में भी जब से चापलूसी के दिन चले, न जाने कितनों की किस्मत सुधर गयी। संपादक जी एक लंबे भाषण के बाद सुबह की मीटिंग की शुरूआत करते थे। आज उस दफ्तर में साक्षी नागर भी नौकरी के लिए जो आयी थी, ऐसे में संपादक जी का अपनी काबिलियत दिखाना लाजिमी भी था।

संपादक जी ने मीटिंग की शुरूआत एक लंबे भाषण के साथ की.. ''गुड मार्निंग एवरीवन... जैसा कि आप सभी को पता है कि हमारा अखबार लखनऊ में री-लांच किया जा रहा है; हमारा उद्देश्य लखनऊ में आमजन तक पकड़ बनाना है। इस समय लखनऊ में हमारी पाँच हजार कापियाँ बिकती हैं, हमारा लक्ष्य एक साल के अंदर इन कापियों को पन्द्रह हजार तक पहुँचाना है... साक्षी नागर आज से हमारी साथी रिपोर्टर होंगी। साक्षी ने नोएडा से पत्रकारिता की पढ़ाई की है। साक्षी, आपके लिए यहाँ बहुत

संभावनाएँ हैं; हम उम्मीद करते हैं कि आप पूरी मेहनत के साथ अपना करियर शुरू करेंगी।'' संपादक जी ने चिरपरिचित अंदाज में लंबे भाषण के साथ मीटिंग शुरू की। पुराने रिपोर्टर सालों से यही जुमले सुनते आ रहे थे, अब तो उन्हें इसकी आदत सी हो गयी थी।

साक्षी का पहला दिन था उस ऑफिस में। थोड़ी घबराहट के साथ संपादक की ओर देखते हुए बोली.. ''जी सर, मैं मेहनत करूँगी''

संपादक जी ने पहले साक्षी की ओर देखा, फिर विवेक की ओर हाथ से इशारा करते हुए बोले.. ''हमारे साथी रिपोर्टर विवेक चौधरी ने पिछले महीने ही ज्वाइन किया है... विवेक ने एक महीने में काफी अच्छा काम किया है; विवेक और साक्षी, आप दोनों यूथ हो, एक-दो महीने पहले ही आप कॉलेज से पासआउट हुए हो। हमारे दफ्तर के अधिकांश रिपोर्टर दस से पच्चीस साल पहले कॉलेज छोड़ चुके हैं, ऐसे में आप हमसे बेहतर यूथ को समझ सकते हैं..''

विवेक ने संपादक जी के मुँह से अपनी प्रशंसा सुनकर ऐसे सिर हिलाया, मानो उस दफ्तर में काम करने वाले सभी बुढ़ा गये हों।

संपादक जी मीटिंग को आगे बढ़ाते हुए विवेक और साक्षी की ओर देखते हुए बोले.. ''विवेक चौधरी और साक्षी नागर, आप दोनों मिलकर यूथ रिपोर्टिंग करोगे।''

ये सवाल संपादक जी ने दोनों से पूछा था, इसलिए इस बार दोनों ने सिर हिलाकर सहमति दी।

मीटिंग का समापन भी रोज की तरह एक लंबे भाषण के साथ होना था.. ''अखबार की ओर से तय किया गया है कि क्राइम न्यूज पर भी फोकस किया जाएगा; हम ऑन द स्पॉट जाकर लाइव रिपोर्टिंग करेंगे... हमें दादा (इंस्पेक्टर) से पूछकर नहीं लिखना है; फोटोग्राफर भी अपनी जिम्मेदारियों को ठीक प्रकार से निभाएँ, ई-मेल पर फोटो नहीं मँगाना है, लगभग सभी अखबारों में एक जैसा फोटो छप रहा है''।

संपादक जी के जाने के बाद सब खुश हुए। अखबार के ज्यादातर

रिपोर्टर संपादक जी से खुश रहते थे, क्योंकि संपादक जी दूसरे अखबारों से चुराई गयी खबरों को भी नहीं पकड़ पाते थे। रोज का एक लंबा भाषण सुनो और पूरे दिन के लिए छुट्टी। अखबार के अधिकांश रिपोर्टर, मीटिंग के बाद घर चले जाते थे। कुछ, साक्षी और विवेक जैसे कर्मठ रिपोर्टर ही फील्ड में जाते थे। बस अखबार की गाड़ी भगवान भरोसे ही आगे बढ़ रही थी।

पहली बार नौकरी करने आयी साक्षी को विवेक ही हम उम्र लगा होगा। कंधे पर टँगे बैग से पानी की बोतल निकालते हुए बोली... ''हैलो विवेक सर..!''

विवेक ने हल्की मुस्कान के साथ सिर हिला दिया.. हैलो! हैलो के साथ उसमें 'हाय' शब्द भी जोड़ दिया।

''अभी संपादक जी ने कहा कि हमें यूथ रिपोर्टिंग करना है; मुझे तो रिपोर्टिंग करना अभी आता भी नहीं है''।

विवेक ने साक्षी का डर दूर करते हुए कहा.. ''कोई नहीं, सब आ जाएगा; बहुत ज्यादा मुश्किल नहीं है, मुझे भी बहुत ज्यादा नहीं आता है, मैंने भी पिछले महीने ही ज्वाइन किया है''।

''फिर कैसे होगा? हम दोनों नए हैं, यूथ फोकस रिपोर्टिंग भी हमें ही करनी है; मुझे तो ठीक से हिन्दी लिखनी भी नहीं आती है.. कैसे करूँगी मैं..'' लेकिन साक्षी का डर बरकरार रहा।

जब विवेक ने साक्षी के बात करने का लहजा सुना, तो लगा कि ऐसी भाषा तो हमारी पश्चिमी यूपी में ही बोली जाती है, या फिर हरियाणा की होती है। बेचारा पूछने में थोड़ा शर्म महसूस कर रहा था, इसलिए मुँह से बस इतना ही निकला.. ''कोई सीखकर थोड़ी न आता है, धीरे-धीरे सब आ जाएगा''।

''सीखकर तो कोई नहीं आता है, लेकिन मुझे तो रिपोर्टिंग बिल्कुल भी नहीं आती है, बहुत ज्यादा डरती हूँ मैं ...''

'डर का नाम सुनकर विवेक के चेहरे पर हल्की सी मुस्कान आ गयी। जर्नलिज्म का इतना फोबिया.. ''वैसे साक्षी जी आप रहने वाली कहाँ से

हैं?'' विवेक ने न चाहते हुए ये सवाल पूछ लिया था।

''मैं बागपत जिले की रहने वाली हूँ..'' अक्सर पिछड़े शहरों या गाँव देहात में रहने वाले लोग खुद को सुपर शहरी दिखाने की चाहत में भाषा ही बदल लेते हैं, खासतौर से लड़कियाँ ..

विवेक जिस जवाब को सुनने के लिए उत्सुक था, वही जवाब मिला.. ''मैं बागपत की रहने वाली हूँ।'' विवेक, चेहरे पर हल्की मुस्कान के साथ बोला.. ''मैं मुजफ्फरनगर का रहने वाला हूँ, बागपत में मेरी बुआ रहती है।''

साक्षी, चेहरे पर उतर आयी हल्की मुस्कान के साथ कहने लगी.. ''अरे वाह! हम तो आसपास के ही रहने वाले हैं; मैं भी बागपत में ही तो रहती हूँ, कस्बे में मेरा गाँव पड़ता है..''

एक अंजान शहर और दो आसपास के लोग मिल जाएँ तो इससे अच्छी बात क्या हो सकती है। विवेक के मुँह से मुजफ्फरनगर का नाम सुनकर साक्षी बड़ी खुश हुई। पहली बार उस अंजान शहर में अपने क्षेत्र के किसी व्यक्ति से जो मिली थी। विवेक ने साक्षी की ओर देखकर फिर एक सवाल पूछा.. ''वैसे साक्षी जी, आपने जर्नलिज्म नोएडा के किस इंस्टीट्यूट से किया है.. मतलब जर्नलिज्म में क्या है..''

साक्षी ने झट से अपनी डिग्रियाँ गिनवा दी.. ''मैंने नोएडा से बैचलर इन मॉस कम्प्यूनिकेशन और पोस्ट ग्रेजुएट इन जर्नलिज्म किया है..''

''बहुत बढ़िया.. आपका कॉलेज तो काफी महँगा है; कैंपस प्लेसमेंट नहीं हुआ आपका?'' ये एक ऐसा सवाल था, जिसे आमतौर पर युवा एक दूसरे से पूछ ही लेते हैं।

''फीस तो काफी लेते हैं, कैंपस प्लेसमेंट नहीं होता है... एक भी कंपनी नहीं आयी। एडमिशन से पहले तो बहुत जोर दिया कि हमारे यहाँ से इतना प्लेसमेंट मिलता है; पाँच साल पढ़ाई करने के बाद भी नौकरी नहीं मिली। पापा की थोड़ी जान-पहचान थी, बस उन्हीं की वजह से यहाँ नौकरी मिली है।''... साक्षी के इस जवाब में थोड़ी शर्मिंदगी सी थी।

''सैलरी कितनी मिलती है आपको?''

''बस चौदह हजार रुपये महीना।''

विवेक ने झट से कह दिया.. ''हाँ ठीक बात है.. कॉलेज वाले बहुत झूठ बोलते हैं।'' वो भी तो कॉलेज का सताया हुआ छात्र ही था।

इस बार सवाल पूछने की बारी साक्षी नागर की थी.. ''वैसे विवेक सर, आपने जर्नलिज्म कहाँ से किया है?''

''मैंने बीए मुजफ्फरनगर से किया है और पीजीडी जर्नलिज्म दिल्ली के एक प्राइवेट कॉलेज से किया है।''

विवेक और साक्षी दोनों कॉलेज के मारे छात्र थे, जिन्होंने प्राइवेट कॉलेजों में पढ़ाई तो की, लेकिन नौकरी के नाम पर ठेंगा मिला। सिर्फ विवेक और साक्षी ही नहीं, कॉलेज के झूठे वादों का मारा एक मैं भी था... हमारे जैसे ओर भी सैकड़ों छात्र होंगे। कभी-कभी लगता है कि सरकार इन झूठे वादे करने वाले कॉलेजों पर अंकुश क्यों नहीं लगाती है।

विवेक, साक्षी की ओर देखे बिना रिपोर्टिंग डायरी के पन्ने पलटता हुआ बोला.. ''मैं और मेरा दोस्त नीरज, हम दोनों मुजफ्फरनगर के रहने वाले हैं; आसपास ही गाँव है हमारा, हम दोनों ने छठी के बाद से अब तक साथ-साथ पढ़ाई की है, जर्नलिज्म भी साथ साथ किया.. दोनों में से किसी को नौकरी नहीं मिली, नौकरी करने के लिए इतनी दूर लखनऊ आना पड़ा..''

विवेक का जवाब पूरा भी नहीं हुआ था कि साक्षी ने विवेक से परिवार के बार में भी पूछ लिया.. ''आपके परिवार में कौन – कौन है?''

''मम्मी और छोटी बहन.. बहन बीए फाइनल में पढ़ती है..''

न चाहते हुए उसके मुँह से निकला गया.. ''और पापा...''

''पापा नहीं हैं.. पाँच साल पहले उनकी डेथ हो चुकी है।''

''सॉरी... मुझे नहीं पता था।''

“कोई बात नहीं।”

“मतलब... मम्मी क्या करती हैं आपकी?” साक्षी ने अपनी तहकीकात जारी रखी।

विवेक ने न में सिर हिला दिया.. “थोड़ी सी खेती बाड़ी है और अब मैं भी नौकरी करता हूँ, बस उसी से घर का खर्च चलता है।”

ये बात सुनकर साक्षी ने विवेक को परख लिया था कि उस बाईस साल के लड़के ने कितनी जल्दी अपने कंधों पर परिवार का बोझ उठा लिया था। विवेक, नीचे गर्दन करके उसी डायरी में कुछ टटोल रहा था, तो साक्षी बस विवेक का चेहरा पढ़ने की कोशिश कर रही थी। विवेक के बिना पूछे ही साक्षी ने अपना परिचय दे दिया.. “मेरे परिवार में तीन बड़े भाई, मम्मी-पापा और मैं हूँ, इतनी छोटी सी दुनिया है मेरी।”

इस अनचाहे जवाब को सुनकर विवेक बिना कुछ कहे हल्का सा मुस्कुरा दिया। साक्षी उस पहली ही मुलाकात में जान लेना चाहती थी कि ऑफिस का माहौल कैसा है, उस अंजान शहर में कौन उसकी मदद कर सकता है। साक्षी थी कि सवाल पर सवाल पूछे जा रही थी, कि यूथ फोकस रिपोर्टिंग क्या होती है.. कब जाना पड़ता है.. खबरों का पता कैसे चलता है..

पहली बार विवेक की कोई जूनियर, ऑफिस में काम करने आयी थी। विवेक भी बेहद अनुभवी रिपोर्टर की तरह उस अंजान शख्स को समझाने में लगा था कि-

“आज आप फलाने दफ्तर में जाओ..”

“आज आप फलाने अधिकारी से मिलो..”

“कोशिश करो कि दस-पन्द्रह दिन में अपनी रिपोर्टिंग बीट के सभी लोगों से मुलाकात हो जाए”

“आज ये कर लो”........ “आज वो कर लो..”

विवेक ने पहले ही दिन साक्षी को इतने सुझाव दे दिये थे। विवेक और

साक्षी ऐसे बात कर रहे थे जैसे एक दूसरे को वर्षों से जानते हों। गाँव का रहने वाला और ठेठ देहाती बोलने वाला मेरा दोस्त विवेक भी ऐसे बात कर रहा था, जैसे देहाती जानता ही न हो। बोलता भी क्यूँ नहीं, पहली बार एक महिला रिपोर्टर उसके दफ्तर में काम करने जो आयी थी। साक्षी नागर, दफ्तर में अपने पहले ही दिन रिपोर्टिंग के ककहरे से पूरी किताब पढ़ लेना चाहती थी।

जब पता चला कि साक्षी बागपत से है, तो काम की बात करने के बाद दोनों लग गये अपनी ठेठ देहाती में बात करने। ऑफिस में दूसरों को कहाँ वो भाषा समझ आ रही थी। मेरे मामा फलाने गाँव में हैं, मेरी बुआ फलाने गाँव में हैं.. विवेक ने बागपत की और साक्षी ने मुजफ्फरनगर की अपनी सारी रिश्तेदारियाँ गिनवा दी। पहली ही मुलाकात में दोनों को अपनेपन का अहसास होने लगा था।

एक महीने बाद

साक्षी इतने दिन में साथी रिपोर्टरों को समझ चुकी थी। ज्यादातर की उम्र चालीस साल से ज्यादा थी... जो शायद इसीलिए वहाँ रुके थे, क्योंकि उनके पास कोई दूसरा विकल्प नहीं था। साक्षी अब तंग आ चुकी थी संपादक जी के व्यवहार से। बात-बात पर साक्षी को अपने पास बुलाकर बिठा लेना साक्षी को पसंद नहीं था। संपादक जी चाहते थे कि साक्षी उस लोकल अखबार में तरक्की के लिए समझौता करे। विवेक भले ही गाँव की भाषा बोलता था, लेकिन सच्चाई थी उसकी बातों में.. शायद यही वजह थी कि साक्षी हर बात विवेक के साथ शेयर कर लेती थी।

उस दिन भी साक्षी किसी खबर को लेकर परेशान सी थी। विवेक की ओर देखकर पूछने लगी.. "विवेक सर, ये कार्यक्रम की खबर कैसे लिखी जाती है, आप मुझे थोड़ा बता दिया करो, कल मुझे बहुत डाँट पड़ी; संपादक जी बोल रहे थे कि मुझे लिखना नहीं आता।"

"लिखने में कुछ नहीं है.. धीरे धीरे सब आ जाएगा; आप खबर भेजने से पहले एक बार मुझे दिखा दिया करो, मैं पढ़कर भेज दिया करूँगा.." इस बार विवेक की आवाज में एक भरोसा सा था, जैसे वो कहना चाह रहा हो कि वो उस दफ्तर में अकेली नहीं है।

''मैंने खबर तो लिख ली है, लेकिन मुझे लगता है कि गलत लिखी है, एक बार मेरी खबर पढ़ लो.. प्लीज, नहीं तो आज फिर डाँट लगेगी।''

साक्षी के इस 'प्लीज' शब्द में एक उम्मीद छिपी थी। विवेक, साक्षी को निराश किये बगैर साक्षी के कम्प्यूटर की ओर बढ़ा, तो साक्षी कुर्सी छोड़कर खड़ी हो गयी। विवेक ने कम्प्यूटर की ओर नजरें घुमाते हुए कहा... ''अच्छा लिखती हो, बस थोड़ा सा सुधार की जरूरत है.. कुछ दिन बाद सब ठीक हो जाएगा..''

''आप झूठ बोल रहे हैं न.. क्यूँकि आपने मेरी पूरी खबर दोबारा लिखी है... अगर सही लिखी होती तो आप दोबारा क्यूँ लिखते।'' साक्षी ने आँख चलाते हुए पूछा.. इस बार उसके व्यवहार में एक शरारत छिपी थी।

''ऐसा नहीं है.. वो तो बस मुझे लगा कि ये खबर ऐसे लिखी जा सकती है, तो बस उस तरह से लिख दी।''

''शुक्रिया.. आपका बहुत बहुत धन्यवाद; आपका ये अहसान मैं कैसे चुका पाऊँगी।'' इतना कहकर साक्षी हँस दी।

''ज्यादा फिल्मी डायलॉग मत मारो, ठीक है।'' इस बार विवेक भी थोड़ा मुस्कुरा दिया।

''सच में आपने मुझे बचा लिया उस खड़ूस संपादक की डाँट से, तो शुक्रिया तो बनता ही है.. नहीं तो अपने पास संपादक बुलाता और कुछ देर बैठने के लिए बोलता... अजीब अजीब सी बात करता है।''

साक्षी के चेहरे पर उभर आयी परेशानी को देखते हुए विवेक ने गंभीरता से संपादक जी के बारे में पूछा.. ''क्या हो गया ऐसा... मैं कुछ दिनों से देख रहा हूँ कि संपादक जी आपको अपने पास बुलाते हैं मीटिंग के बाद में; कुछ बोलते हैं क्या?''

''बोलते तो कुछ नहीं है... बस अपने पास बुलाकर बिठा लेते हैं, उनकी नियत ठीक नहीं है.. बाकी तो किसी को नहीं बुलाते हैं।''

''हाँ, मुझे भी लगता है कि वो अच्छे इंसान नहीं है, क्योंकि ऑफिस में भी सब आपस में बात करते हैं कि आपसे पहले जो लड़की रिपोर्टिंग

करती थी, उसको भी अपने पास बुलाकर बिठा लेते थे। बता रहे थे कि वो लड़की परेशान हो गयी थी, उसके बाद नौकरी छोड़ दी थी।''

साक्षी का चेहरा गुस्से से लाल हो गया... ''विवेक सर, ये बिल्कुल सच बात होगी, क्योंकि मुझे भी ऐसा ही लगता है। उनके बात करने से ऐसा लगता है कि जैसे वो चाहते हों कि मैं उनके साथ फिल्म देखने जाऊँ या साथ साथ डिनर करने जाऊँ।''

''आप सुनकर अनसुना कर दिया करो, ऑफिस में कम बात किया करो।'' विवेक के इन शब्दों में सुझाव कम, खुद को बचाने की अपील ज्यादा छिपी थी।

''मैं अपने पापा से शिकायत कर दूँगी, मुझे पैसे की ज्यादा जरूरत नहीं है, पुलिस से शिकायत कर दूँगी।''

संपादक के गलत आचरण को लेकर साक्षी एक तरह विवेक से शिकायत सी कर रही थी। विवेक भी ऐसे सुन रहा था जैसे वो उसकी समस्या का समाधान कर देगा। शायद साक्षी का भरोसा उस पर बढ़ गया था।

साक्षी, दफ्तर में कुछ बीमार सी रहती थी। विवेक ध्यान से उसकी ओर देखता था, शायद इसीलिए उसने हमदर्दी जताने के लिए ये सवाल पूछा हो.. ''आप बहुत बीमार रहती हो... काफी टाइम से आपको देख रहा हूँ कि आप ज्यादा परेशान ही रहती हो।''

''हाँ मुझे पेट दर्द की शिकायत हो जाती है; इलाज चल रहा है मेरा, जल्द ही ठीक हो जाएगा।'' साक्षी ने उम्मीद भरी निगाहों के साथ जवाब दिया।

साक्षी जब विवेक से बात कर रही थी, तब मैंने विवेक के फोन पर कॉल किया, क्योंकि उस दिन हमने फिल्म देखने का प्लान बनाया था। फोन पर घंटी देखते ही विवेक, साक्षी से बोला.. ''मेरे रूम पार्टनर नीरज का फोन आ रहा है, आज हमें फिल्म देखने के लिए जाना है, मैं आफिस से निकल रहा हूँ..'' इतना कहकर विवेक, साक्षी के साथ गेट के पास आ

गया। साक्षी ने हाथ हिलाकर बाय कहा।

मैं सामने खड़ा ये सब देख रहा था। विवेक से पूछ ही लिया.. ''ये लड़की कौन थी जो तेरे पास खड़ी थी? ये वही है न जो बागपत की रहने वाली है?'' उसने मुझे साक्षी के बारे में पहले बताया था।

विवेक ने बिना कुछ कहे हाँ में सिर हिला दिया और बाइक पर पीछे वाली सीट पर बैठ गया। धीरे से बोला.. ''हमारे आफिस में ही काम करती है; नई रिपोर्टर है, पिछले महीने ही ज्वाइन किया है।''

''बहुत बात कर रहा है तू आजकल उससे, कई दिनों से देख रहा हूँ कि रात के समय भी फोन पर बस चैटिंग में लगा रहता है..''

शर्माति हुए विवेक ने न में जवाब दिया.. चेहरे पर मुस्कुराहट इंसान का लहजा बताने के लिए काफी होती है। मैंने मोटरसाइकिल के शीशे में विवेक की वो मुस्कान पढ़ ली थी, जिसे वो मुझसे छिपाने की कोशिश कर रहा था। उसने मेरा कंधा जोर से दबाया और धीरे से बस इतना ही कहा.. ''ऐसा कुछ नहीं है, तू बहुत ज्यादा सोच रहा है; बस दोस्त है मेरी, वैसे बहुत अच्छी लड़की है..''

मैंने हँसते हुए पूछ लिया... ''बात कराऊँ बता... मोटरसाइकिल मोड़कर बात कराता हूँ तेरी..''

इस बार विवेक ने मेरा कंधा फिर दबाया.. ''नहीं यार छोड़, मैं खुद ही बात कर लूँगा.. तू उसकी टेंशन मत ले, चल जल्दी, फिल्म खत्म हो जाएगी।''

''फिल्म को मार गोली.. मेरे दोस्त की लाइफ का सवाल है, आग लगा दूँगा दुनिया में। ये रहने वाली तो बागपत से है; बहुत बढ़िया, फिर तो पिटने का चांस भी खत्म.. वैसे बागपत बेल्ट की रहने वाली है, बहुत खतरनाक होते हैं वो लोग..'' मैंने शरारत भरे लहजे में इतना कुछ बोल दिया।

''तू पागल हो गया है; ऐसा कुछ नहीं है, वो दोस्त है बस.... बहुत दूर की सोच रहा है... तूने तो ताऊ बनने की भी सोच ली होगी।''

मैंने बीच सड़क पर बाइक रोक दी। ''मैं तो तेरे बारे में इतना अच्छा सोच रहा हूँ और तू है कि उल्टा सोच रहा है। लखनऊ में मेरे सिवा तेरा है कौन, मुझे ही तो सारी जिम्मेदारी निभानी पड़ेगी.. सॉरी यार, भूल गया था कि एक और मुझसे पक्की दोस्त बन गयी है तेरी..'' इस बार मैंने भी जोर का ठहाका लगाया।

विवेक होठों के पीछे की मुस्कान को छिपा रहा था... ''तू भी बस..''

मैंने विवेक की ओर गर्दन घुमा ली और उसके चेहरे की ओर टकटकी बाँधते हुए देखा और एक अनचाहा सवाल कर दिया.. ''कल रात मैं सोच रहा था कि तू किससे बात करता है... पहले तो घर भी नहीं बात करता था.. आंटी को बताना पड़ेगा कि बेटा अब बड़ा हो गया है।'' मुझे उसकी खिंचाई करने में मजा आ रहा था, तो ड़राने के लिए ये सवाल तो बनता ही था।

''बहुत ज्यादा सोच रहा है मेरे बारे में.. घर में पता चला तो बवाल हो जाएगा; बाबाजी पंचायत में इज्जत की खातिर गोली मार देंगे, वो इस रिश्ते को कभी स्वीकार नहीं करने वाले.. वैसे भी वो बस दोस्त ही तो है, दोस्ती तो सबसे हो सकती है।''

''चौधरी साहब.. समय बदल गया है; कौन गोली मारेगा तुझे, इतना सोचेगा तो तेरा रिश्ता होने से रहा। तेरे बाबा तो तेरे लिए अपनी बेल्ट से ही लाएँगे और कहेंगे.. जा बेटा विवेक, तेरा रिश्ता आज पक्का हो गिया लक्ष्मीचंद की छोरी से, छोरी बीए प्राइवेट पढ़ री, घर का सारा काम जाने, गाय का दूध भी काढ़ लै, चूल्हे पै रोटी भी बना लै, उसकी माँ कह री थी थोड़ी सिलाई भी जानै है।''

''नीरज भाई देख मेरे बाबा के बारे में कुछ मत बोलना; तुझे नहीं पता.. हमारे गाँव में कैसे होता है। पिछले साल तो गाँव का एक लड़का बराबर वाले गाँव की लड़की से शादी करना चाह रहा था, पता है.... क्या हुआ था!'' विवेक के इस सवाल में गंभीरता थी।

मैं आपको बता देना चाहता हूँ कि वो लड़का हमसे अगली क्लास में ही पढ़ता था, लेकिन लड़की के घरवालों ने उसकी हत्या कर दी थी।

''चौधरी साहब, हमें मामला थोड़ा जटिल लग रहा है; ज्योतिष तो हम ज्यादा जानते नहीं हैं, पर एक बात पता है कि तेरे माथे की लकीरों से पता चल रहा है कि तू कुँवारा ही मरेगा...''

''ज्यादा मजाक मत ले.. फिल्म का टाइम हो गया, सच बताऊँ वो लड़की मुझे अच्छी तो लगती है, लेकिन मैं उससे ज्यादा बात नहीं कर सकता हूँ, क्योंकि मुझे पता है मेरे घर के क्या हालात हैं।''

खास तोहफा

खैर... ये तो दो दोस्तों का मजाक था, लेकिन मैं जानता था कि विवेक मुझसे कुछ छिपा रहा है। वो नहीं चाहता था कि मुझे कुछ भी पता चले। खैर, जब कभी मूड़ में होता था तो मुझे सारी बात बता देता था कि आज साक्षी ने क्या कहा और वे कहाँ घूमने गये। विवेक को डायरी लिखने का शौक था। वो अक्सर रात के समय अपने जीवन की कुछ रोचक घटनाओं को उस डायरी में लिखता था। उसने उस डायरी में साक्षी के नाम कई पेज लिखे थे। ऐसा ही एक पेज उसने साक्षी नागर के जन्मदिन पर उस रोज डायरी में लिखा था...

विवेक की डायरी...5 सितंबर

आज मेरी सबसे खास दोस्त साक्षी का जन्मदिन था। पहली बार किसी दूसरे के जन्मदिन का इतनी बेसब्री से इंतजार रहा हूँ। शायद इतना इंतजार तो कभी अपने जन्मदिन का भी नहीं रहा। कई दिन से इस दिन का इंतजार कर रहा था। मुझे पता था कि आज सुबह आप आठ बजे की ट्रेन से अपने घर जा रही हो, इसलिए सुबह सात बजे आपको बधाई देने का वक्त चुना।

गिफ्ट पता नहीं आपको अच्छा लगा होगा या नहीं, फिर भी मैंने अपनी तरफ से अच्छा समझकर ही दिया। कई दिन से सोच रहा था कि आपको आपके जन्मदिन पर क्या गिफ्ट दूँ। जिंदगी में पहली बार किसी गिफ्ट गैलरी में गया। शहर की सारी गिफ्ट गैलरी छान मारी। एक लंबी तलाश के बाद फोटोफ्रेम पसंद आया। गिफ्ट तो बहुत थे, लेकिन जेब में पैसे नहीं थे या महँगा गिफ्ट खरीदने की औकात नहीं थी... खुद से समझौता करके फोटोफ्रेम ही खरीद पाया। मोबाइल का बिल जमा करने के लिए 1000 रुपये रखे थे, बस उसी पैसे से आपके लिए एक छोटा सा तोहफा खरीदा। मेरे लिए गिफ्ट खरीदने से ज्यादा महत्वपूर्ण था कि किन शब्दों में जन्मदिन की बधाई दूँगा। रात तो जैसे इंटरनेट पर बधाई संदेश तलाशने में ही बीत गयी। रात भर आवाज बदल बदलकर रियाज करता रहा। सुबह तक वो चंद लाइनें भी तय नहीं कर पाया कि बधाई किन शब्दों में दूँ। सुबह बधाई देने का नंबर आया तो साक्षी को सामने देखकर सब भूल गया। बस वही परंपरागत 'हैप्पी बर्थडे'.. शब्द याद रह गया। रात से सुबह तक 7 बजने का इंतजार करता रहा। सुबह सात बजे आपके घर जाना अपने आपमें खास था। मैंने अपने रूम पार्टनर और सबसे पक्के दोस्त नीरज को भी नहीं बताया कि इतनी सुबह आपसे मिलने जा रहा हूँ। पंद्रह मिनट की मुलाकात में बहुत ज्यादा बात नहीं कर सका। बहुत कुछ कहना चाहता था, लेकिन हिम्मत नहीं हुई। फिर कभी आपसे मुलाकात होगी तो सब कुछ सच बता दूँगा। पिछले एक महीने में मेरी जिंदगी बहुत कुछ बदल चुकी है। ऑफिस में आपका इंतजार और देर तक फोन पर बात करना अलग ही अहसास दिलाता है...

अब मुझे भी महसूस होने लगा था कि विवेक बदल रहा है। ये वो विवेक नहीं था, जो भट्टों पर मेरे साथ खेलता था। साक्षी की संगत में आकर विवेक अब शहरी भाषा सीख गया था। साक्षी के आने के बाद उसकी जिंदगी पहले से ज्यादा खूबसूरत बन गयी थी।

दफ्तर से अस्पताल तक

उत्तर प्रदेश की राजधानी लखनऊ ऐतिहासिक शहर है, यहाँ रमने में ज्यादा समय नहीं लगता। नवाबों का शहर सभी को अपना लेता है... यही इस शहर की खूबसूरती भी है। जैसे-जैसे समय बीतता गया, साक्षी और विवेक की दोस्ती भी गाढ़ी होती चली गयी। कभी दोनों लखनऊ के प्रसिद्ध चौक में कपड़े खरीदने जाते। विवेक को कपड़े की ज्यादा पहचान तो न थी, लेकिन रंग तो पसंद कर ली लेता था। समय बीतता गया, दोनों कभी चिड़ियाघर जाते, कभी अमीनाबाद जाते, कभी लखनऊ के कनॉट प्लेस यानी हजरतगंज जाते थे। बागपत और मुजफ्फरनगर में कहाँ दोनों को घूमना मिलना था। तेल बचाने के लिए अक्सर मेरी मोटरसाइकिल की पीछे वाली सीट पर बैठने वाला विवेक, साक्षी को अपनी मोटरसाइकिल की पूरी सैर कराता था। साक्षी कुछ बीमार सी रहने लगी थी। विवेक जब साक्षी से बीमारी पूछता, तो वो अक्सर टाल जाती थी। लापरवाह सा दिखने वाला मेरा दोस्त, साक्षी की परवाह करने लगा था... शायद इसी को तो प्यार कहते हैं।

उस दिन भी साक्षी की तबियत ठीक नहीं थी। साक्षी बार-बार सिर नीचे करके बैठ जाती थी। इस उम्मीद के साथ आँख बंद करती, कि शायद

दर्द कम हो जाए। आँख बंद करने से दर्द कहाँ कम होने वाला था। साक्षी को परेशान देखकर विवेक ने पूछ ही लिया... ''आर यू ओके?''

साक्षी ने आँख बंद करके ही जवाब दिया... ''मेरी तबियत ठीक नहीं है, पेट दर्द है।''

''आप हास्पिटल चलो, पहले डॉक्टर से बात करो; किसी भी चीज को हल्के में मत लो..''

''मुझे पता है कि मुझे क्या प्रॉब्लम है... मेरा दिल्ली से इलाज चल रहा है, वहीं से दवाई लूँगी..''

विवेक से रहा न गया, फिर वही सवाल दोहरा दिया.. ''वैसे क्या बीमारी है आपको... मतलब डाक्टर ने क्या बताया है..''

साक्षी, सवाल को टालते हुए बोली.. ''कुछ नहीं बस ऐसे ही, कोई बड़ी बीमारी नहीं है; डॉक्टर ने कहा है कि दवाई खानी पड़ेगी, ठीक हो जाएगा... सुबह से तीन बार गोली खा चुकी हूँ, अगर दर्द बढ़ा तो इंजेक्शन लगाना पड़ेगा।''

''चलो फिर हॉस्पिटल चलते हैं, वहाँ इमरजेंसी सर्विस है; पहले डॉक्टर को दिखाओ, अगर दर्द बढ़ गया तो मुश्किल हो जाएगी।''

''नहीं मैं ठीक हूँ।''

''ऐसा नहीं है... फिर दर्द बढ़ जाएगा तो आपकी परेशानी होगी; चलो मैं आपके साथ चलता हूँ, आप टेंशन मत लो, मैं आपको आपके घर छोड़ दूंगा..''

जब दर्द सहनसीमा से ज्यादा बढ़ा तो साक्षी को कहना पड़ा.. ''ठीक है चलो, बिना डॉक्टर के पास चले काम नहीं चलने वाला।''

''लो आ गया हॉस्पिटल।'' रास्ते में विवेक धीरे-धीरे बाइक चलाकर लाया था, कहीं साक्षी का दर्द न बढ़ जाए। वो जानता था कि दर्द सहनशीलता की सीमा को पार कर चुका है, तभी तो इतनी छटपटाहट से काउंटर ढूँढ़ रहा था। इमरजेंसी वार्ड में बैठी महिला डॉक्टर से बोला..

‘‘इन्हें पेट में दर्द हो रहा है, प्लीज जल्दी देखो।’’

एक पचपन साल की बुजुर्ग महिला शायद जैसे उनका ही इंतजार कर रही थी। शायद हम भूल गये थे कि डॉक्टरों का तो यही पेशा होता है। उस महिला डॉक्टर ने भी अपना फर्ज या यूँ कहो कि ड्यूटी पूरी करते हुए कहा.. ‘‘नर्स, पेशेंट को अंदर ले जाओ, मैं आती हूँ।’’

नर्स के पीछे डॉक्टर मैडम भी कमरे में दाखिल हुईं और साक्षी का हाथ पकड़कर पूछने लगीं.. ‘‘क्या हुआ है आपको, क्या प्रॉब्लम फेस कर रहे हो ?’’

‘‘मैडम मेरा पेट दर्द कर रहा है, बहुत ज्यादा दर्द है, सहन नहीं हो रहा है; इतना दर्द पहले कभी नहीं हुआ है... सुबह से तीन बार दवा खा चुकीं हूँ, फिर भी आराम नहीं लग रहा है..’’

‘‘कौन सी दवा खा रही हैं आप ?’’ डॉक्टर ने नब्ज पकड़े हुए पूछा।

‘‘मुझे ओवरी में लेफ्ट में परेशानी है, उसी की दवाई खा रही हूँ; मेरा इलाज तो दिल्ली से ही चल रहा है, वहीं की दवाई खा रही हूँ, कभी-कभी दर्द बहुत ज्यादा बढ़ जाता है।’’ इतना कहकर साक्षी ने दोनों आँखें बंद कर ली। यह दर्द की तस्दीक भर था।

‘‘नर्स ये दवाई इन्हें दो... इंजेक्शन दो, एक दो घंटे में दर्द ठीक हो जाएगा।’’ अपना फर्ज पूरा करके डॉक्टर कमरे से बाहर निकल गयी और अपनी उसी कुर्सी पर जा बैठी।

‘‘मुझे इंजेक्शन से बहुत डर लगता है, सिस्टर प्लीज... इंजेक्शन मत लगाओ।’’ नर्स को इंजेक्शन भरते देखकर साक्षी थोड़ा डर गयी।

विवेक ने साक्षी का हाथ थाम लिया... ‘‘डरो मत.. मैं आपकी मदद कर देता हूँ; आप मेरा हाथ पकड़ लो, उस तरफ मत देखो.. ज्यादा दर्द नहीं होगा। देखो दर्द नहीं हुआ और इंजेक्शन भी लग गया।’’

इंजेक्शन लगने के बाद साक्षी रुआँसी हो गयी... ‘‘बहुत दर्द हुआ... आपको क्या पता, जिसे इंजेक्शन लगता है उसी को दर्द होता है।’’ आँखों में आँसू लिए साक्षी ने प्रतिक्रिया दी।

''आप लेट जाओ; डॉक्टर ने बोला है कि एक घंटे में छुट्टी हो जाएगी, थोड़ी देर की बात है बस; थोड़ी देर में दर्द बिल्कुल ठीक हो जाएगा, बस।''

दर्द से कराह रही साक्षी को देखकर विवेक दिलासा देता और दर्द बांटने की कोशिश करता रहा। साक्षी की हालत देखकर विवेक कमरे से बाहर चला गया। साक्षी अस्पताल के बिस्तर पर अपना दर्द छुपाने की कोशिश करती रही.. बीमारी का दर्द अब उभर आया था, जो अब सहनशीलता से बाहर हो गया। मन में कुछ सवाल लिये विवेक, लेडी डॉक्टर के सामने जाकर खड़ा हो गया...

''मैडम अभी उनका दर्द ठीक नहीं हुआ है, प्लीज कुछ करो, उन्हें बहुत ज्यादा दर्द हो रहा है''

लेकिन वो लेडी डॉक्टर विवेक की बातों से बेखबर दूसरे मरीजों के पर्चे तलाशती रही। बिना नजर उठाए पर्चों में देखते हुए बोली.. ''आपको थोड़ा इंतजार करना होगा, थोड़ी देर में ठीक हो जाएगा... नर्स ने इंजेक्शन दे दिया है।'' इतना कहकर फिर उन पर्चों में खो गयी।

''एक बात पूछना चाहता हूँ आपसे, साक्षी को आखिर परेशानी क्या है? उन्होंने आपसे कुछ बताया था, मुझे समझ नहीं आया था।''

डॉक्टरनी ने विवेक से उल्टा सवाल पूछा.. ''आप इनके क्या लगते हैं? आपको तो पता होना चाहिए।''

''हम दोस्त हैं... बहुत अच्छे दोस्त हैं; मैं बस जानना चाहता हूँ कि उन्हें क्या परेशानी है, क्योंकि मैं हमेशा उनसे पूछता हूँ कि उन्हें क्या परेशानी है, तो वो अक्सर टाल जाती हैं... शायद मेरी दोस्त से बढ़कर है वो..'' विवेक धीरे से बोला।

उस महिला डॉक्टर ने संकुचित होकर जवाब दिया.. ''ओवरी (गर्भाशय) महिलाओं का एक अंग होता हैं; इस तरह की परेशानी महिलाओं को होती है। बिना रिपोर्ट के मैं बहुत कुछ तो नहीं कह सकती हूँ,

लेकिन एक बात कह सकती हूँ कि ये महिलाओं की बीमारी है।''

"आपकी बात ठीक है, लेकिन मैं ये भी जानना चाहता हूँ कि इससे क्या परेशानी होती है... लाइफ पर इससे कोई फर्क नहीं पड़ता है न; मैंने बायोलाजी नहीं पढ़ी है, तो मुझे इसकी बहुत ज्यादा जानकारी नहीं है।''

वो वृद्धा डॉक्टर, विवेक की गंभीरता को समझ रही थी कि विवेक कितना परेशान है। महिलाओं की परेशानी को अक्सर महिला डॉक्टर भी पुरुषों के साथ शेयर करने से हिचकती हैं। विवेक तो उसके लिए बेटे जैसा था, शायद यही सोचकर बड़ी संजीदगी भरे शब्दों में कहा... "नहीं बेटा, ऐसी तो कोई बात नहीं होती है, फिर भी आपको बता देती हूँ कि इससे प्रेग्नेंसी में दिक्कत आती है; कभी-कभी जब बीमारी बढ़ जाती है तो कैंसर भी बन जाता है। घबराने वाली कोई बात नहीं है, सबसे ज्यादा प्रॉब्लम तो प्रेग्नेंसी में ही आती है।'' डॉक्टर साहिबा ने नपे-तुले शब्दों में जवाब दे दिया।

"वो तो ठीक है, लेकिन क्या लाइफ पर भी इफेक्ट पड़ता है? आपने अभी बोला कि कैंसर भी हो सकता है।'' अपनी ही दुनिया में खोये विवेक ने फिर एक सवाल कर दिया।

"देखिये ये सब पेशेंट की हालत पर निर्भर करता है; उसे किस तरह की परेशानी है। मैं यह नहीं कह रही हूँ कि सभी को कैंसर हो जाता है... कुछ केस में हो जाता है। कभी-कभी शरीर से ओवरी को बाहर भी करना पड़ सकता है; अगर समय पर इलाज कराया जाए तो इलाज संभव है।''

विवेक बेमन से धन्यवाद देकर साक्षी के दवाई के पर्चे को देखने लगा। इस उम्मीद के साथ देख रहा था कि शायद कुछ पता चल जाए। इतने में डॉक्टर मैडम ने पर्चा हाथ में लेते हुए विवेक से कहा.. "आप इनके घर से किसी को बुला लीजिए, आज रात अस्पताल में ही रुकना पड़ेगा।''

"इनका घर बागपत जिले में है, घर से आना तो संभव नहीं है; आप मुझे बता दीजिए क्या करना है... डॉक्टर, वैसे कोई खतरे वाली बात तो नहीं है?''

''रिपोर्ट देखने के बाद ही कुछ पता चल सकता है कि इनकी बीमारी कितनी गंभीर है।'' खैर, वो डॉक्टर इससे ज्यादा बता भी क्या सकती थी। एक बार फिर वो बेमन से धन्यवाद देकर डॉक्टरनी के कमरे से बाहर निकल गया।

विवेक वहाँ से उठकर साक्षी के पास जाकर बैठ गया। दवाइयों का असर अभी नहीं हुआ था। साक्षी आँखें बंद करके दर्द छिपाने की नाकाम कोशिश करती रही... विवेक हाथ पकड़कर दिलासा देने की कोशिश में लगा रहा। दोनों चुपचाप एक दूसरे को देखते रहे, कमरे का सन्नाटा और एक दूसरे की चुप्पी। विवेक के फोन पर बजी घंटी से चुप्पी टूटती है... जब मैंने विवेक से ये जानने के लिए फोन किया था कि वो कहाँ है।

विवेक ने आखिरी घंटी में फोन उठाया... ''हैलो! हाँ नीरज..''

''कहाँ है यार, कितना टाइम हो गया, अभी तक घर नहीं पहुँचा है, साढ़े ग्यारह बज गये हैं, कब से तेरा इंतजार कर रहा हूँ, फोन भी नहीं उठा रहा है।'' ये मैंने पूछा था।

''भाई मैं बताना भूल गया था कि मैं आज एक पार्टी में आ गया हूँ; बस यहाँ तेज म्यूजिक में फोन की आवाज सुनाई नहीं दी, सारी..'' .... इन शब्दों में झूठ छिपा था।

''मुझे भी बता देता मैं भी तेरे साथ चलता..''

''मुझे भी पहले नहीं पता था, बाद में पता चला कि शादी में जाना है, इसलिए नहीं बता पाया..'' इतना कहकर उसने फोन रख दिया। अगर मैं उसकी डायरी न पढ़ता तो शायद कभी न समझ पाता कि उस रात वो कहाँ गया था।

फोन कटते ही साक्षी सोचने लगी कि विवेक ने किससे झूठ बोला कि वह अस्पताल में नहीं, पार्टी में है। यही सोचकर उसने पूछ ही लिया... ''किसका फोन था?''

''मेरे रूम पार्टनर नीरज का फोन था।''

साक्षी ने अपनी बात आगे बढ़ाते हुए कहा.. ‘‘आपने उससे झूठ क्यों बोला कि आप शादी में हो; आप तो मेरे साथ हॉस्पिटल में हो।’’

‘‘मैं नहीं चाहता था कि उसे कुछ भी पता चले कि मैं हॉस्पिटल में हूँ; अगर मैं उससे बताता कि हॉस्पिटल में हूँ तो वह चिंता करता, इसलिए नहीं बताया बस, बाकी कोई बात नहीं है..’’

‘‘ठीक है।’’

विवेक ने अपनी जेब से रुमाल निकालते हुए इस लहजे में कहा कि साक्षी कुछ पल के लिए अपना दर्द भूल जाए। रुमाल से आँसू पोछते हुए बोला.. ‘‘इतना तो कोई छोटा बच्चा भी नहीं रोता। कितना सूरमा लगाती हो, देखो मेरा सारा रुमाल काला कर दिया..’’

‘‘मारूँगी आपको..’’ साक्षी के चेहरे पर वही मुस्कान आ गयी, जिसे वह देखना चाहता था।

‘‘मारो मुझे, लेकिन हँसती रहो, हँसते हुए ही अच्छी लगती हो.. खैर अब चाहे मारो या मत मारो.. रुमाल तो काला हो ही गया।’’

विवेक ने साक्षी का हाथ पकड़ा और अनचाहा सा एक सवाल साक्षी के सामने रख दिया... ‘‘आपको बीमारी क्या है? काफी दिनों से मैं नोट कर रहा हूँ कि आप परेशान रहती हो, आप कुछ बताती भी नहीं हो; आपका इलाज किस चीज का चल रहा है?’’

‘‘मुझे नहीं पता.. मम्मी को पता है कि इलाज क्या चल रहा है, मैं तो बस मम्मी के साथ डॉक्टर के पास चली जाती हूँ।’’

‘‘फिर भी आपको भी तो कुछ पता होगा।’’ इतना कहकर विवेक ने साक्षी के बाएँ हाथ के ऊपर अपना दाहिना हाथ रख दिया, जैसे जताना चाह रहा हो कि वो अकेली नहीं है।

साक्षी ने सिर पर हाथ रखा.. ‘‘न, मुझे कुछ नहीं पता... वैसे भी मुझे कुछ दिन बाद घर जाना है; जहाँ से मेरा इलाज चल रहा है, उसी डॉक्टर को दिखाऊँगी, डॉक्टर ने कुछ टेस्ट लिखे थे।’’

"टेस्ट लिखे थे, आपने टेस्ट कराये नहीं!" विवेक हैरानी से साक्षी की ओर देखने लगा।

"मुझे डर लगता है सुई से.. मैंने कोई टेस्ट नहीं कराया; 6-7 टेस्ट कराने हैं..."

"कल करा लेना, यहीं अस्पताल से हो जाएँगे सारे टेस्ट; वैसे भी आज रात को तो यहीं रुकना पड़ेगा, कल छुट्टी मिलेगी अस्पताल से..."

साक्षी ने हाँ में सहमति दी कि कल सुबह टेस्ट करा लेगी।

विवेक ने साक्षी का दाहिना हाथ अपने दोनों हाथों के बीच में थाम लिया.. "आई लव यू.. मुझसे शादी करोगी?"

"क्या कहा आपने अभी.."

विवेक ने सकपकाते हुए कहा "मैं आपसे प्यार करता हूँ... आई लव यू.."

साक्षी ने विवेक की ओर देखा और अपना हाथ खींच लिया "हम अलग हैं, मेरी तबियत ठीक नहीं है, इन चीजों के लिए मेरे पास समय नहीं है.."

"साक्षी, मेरी तरफ देखो, आप मना कर सकती हो, लेकिन ये बात सच है कि मैं आपसे प्यार करता हूँ।" साक्षी मुँह फेरकर लेटी रही। कैंसर की शिकार वो लड़की अपनी हकीकत नहीं बताना चाहती थी।

विवेक ने एक बार फिर हाथ पकड़ा... "मेरी तरफ देखो, आप चाहे तो मना भी कर सकती हो।"

साक्षी ने मुँह तो घुमा लिया, लेकिन उसकी बात को कोई तवज्जो नहीं दी। सिर्फ इतना कहा.. "मैं आपको बस दोस्त मानती हूँ.. इससे ज्यादा कुछ नहीं।"

शांत बैठकर विवेक किसी सोच में डूबा रहा। वार्ड में जल रही दूधिया रोशनी में उसके चेहरे के भाव पढ़ता रहा। साक्षी ने नजर बचाने की लाख कोशिशें कीं, क्योंकि नजर मिलाकर उसके सवालों का जवाब देने की

हिम्मत उसमें नहीं थी। अंत में वार्ड में जल रही उस ट्यूब को बंद करते हुए बोली.. ''मुझे नींद आ रही है, आप भी सो जाओ।''

विवेक सामने पड़ी बेंच पर दीवार से कमर लगाकर बैठा रहा। साक्षी दूसरी ओर मुँह फेरकर लेटी रही। दोनों के जेहन में बस एक-एक, लेकिन अलग अलग सवाल थे। विवेक सोच रहा था कि साक्षी को कैसे मनाया जाए और साक्षी रात भर सोचती रही कि विवेक को कैसे मना किया जाए।

इन्हीं सवालों के साथ सुबह की पहली किरण ने भी दस्तक दे दी। साक्षी की नींद खुलते ही विवेक ने हल्की मुस्कान के साथ गुड मॉर्निंग कहा।

उसने भी विवेक की मुस्कान का जवाब अपनी प्यारी सी मुस्कान और गुड मॉर्निंग के साथ दिया।

''अब कैसी तबियत है आपकी?''

''बिल्कुल ठीक है।''

बीती रात दोनों के बीच क्या हुआ था, ये याद तो दोनों को था। अब भी दोनों के जेहन में वही सवाल थे, लेकिन दस्तूर चुप रहने का था। विवेक ने चुप्पी तोड़ते हुए साक्षी को याद दिलाया कि उसे टेस्ट भी कराने हैं, नहीं तो दिल्ली जाकर डॉक्टर को क्या रिपोर्ट दिखाएगी।

साक्षी ने बैग की चेन खोलकर दिल्ली वाले डॉक्टर का पर्चा निकाला। पर्चे पर कुछ टेस्ट के नाम डॉक्टरी भाषा में लिखे थे। पर्चे को देखते हुए बोली ''बहुत दिनों से ये पर्चा बैग में रखा है, लेकिन कभी सुई लगवाने की हिम्मत नहीं हुई।''

''कोई बात नहीं, आज करा लेंगे।''

सुबह दस बजे का वक्त रहा होगा। दोनों अस्पताल के उस जनरल वार्ड से दवा की पोटली लेकर लैब की ओर निकल पड़े। टेस्ट कराने के बाद साक्षी ने रसीद अपने बैग में रख ली।

''ये रसीद मुझे दे दो, शाम को मैं रिपोर्ट ले लूँगा..'' कहते हुए अपना हाथ रसीद लेने के लिए आगे बढ़ा दिया।

‘‘मैं आपको परेशान नहीं करना चाहती; आपकी शक्ल देखकर पता चल रहा है कि आप रात भर नहीं सोए, अब घर जाकर सो जाओ, मैं ऑनलाइन रिपोर्ट ले लूँगी।’’

वो नहीं चाहती थी कि विवेक को उसकी बीमारी के बारे में कुछ भी पता चले। वो जानती थी कि विवेक उसे पसंद करता है, लेकिन कैंसर का नाम सुनकर कहीं मना न कर दे, शायद इसीलिए मन ही मन प्लान बनाया था कि अलग होने से बेहतर है दोस्त बनकर रहें।

साक्षी सोच ही रही थी कि विवेक ने फिर वही बात दोहरा दी.. क्या वो उसे प्यार करती है ?

‘‘आप समझते क्यों नहीं हो, मैं आपको पसंद नहीं करती हूँ, हम बस दोस्त ही रह सकते हैं।’’ साफ लफ्जों में विवेक को इंकार कर साक्षी नाराज हो गयी।

इन हल्की-फुल्की तल्खियों के बीच विवेक, साक्षी को मोटरसाइकिल से उसके घर छोड़ आया, लेकिन मन में तो एक सवाल अब भी था कि साक्षी की बीमारी का कैसे पता चलेगा। रिपोर्ट मिलने का समय तीन बजे का था, तब तक विवेक ने न जाने इंटरनेट पर कितनी वेबसाइट्स पर सर्च कर लिया था।

उसे कैंसर था

रिसेप्शन मरीजों की भीड़ से पटा हुआ था। देखकर लगता था कि मानो दुनिया का हर इंसान बीमारी की गिरफ्त में हो। रिसेप्शन पर बैठी मैडम रिपोर्ट बाँट रही थी। रिपोर्ट पढ़कर कुछ के चेहरे पर मुस्कान आ जाती तो कुछ निराशा से रिपोर्ट को उसी लिफाफे में डालकर चल देते। विवेक भी उन तीमारदारों की भीड़ में शामिल हो गया, जो रिपोर्ट लेने के लिए लाइन में लगे थे।

''एक्सक्यूज मी.. मैडम!'' रिसेप्शन पर बैठकर रिपोर्ट बाँट रही नर्स से विवेक ने धीरे से कहा

''जी बताइए सर.. मैं आपकी क्या मदद कर सकती हूँ।'' इस बार नर्स ने रिप्लाई किया

''मैडम हम सुबह टेस्ट कराने आए थे, उसकी रिपोर्ट चाहिए।''

''पेशेंट का नाम क्या है, कौन-कौन से टेस्ट कराये थे.. आप मुझे रसीद दे दीजिए, मैं आपको रिपोर्ट निकालकर दे देती हूँ।'' इतना कहकर वह दूसरे मरीजों की रिपोर्ट ढूँढ़ने में लग गयी..

''मैडम, पेशेंट का नाम साक्षी नागर है; हमने 7 टेस्ट कराये थे, सभी

ब्लड़ टेस्ट थे..''

''किसकी रिपोर्ट है ?'' नर्स ने पूछा।

''मेरी दोस्त की रिपोर्ट है।''

''ऐसे हम किसी को किसी की रिपोर्ट नहीं दे सकते हैं।''

''मैडम बस दिखा दीजिए, मैं लेकर नही जाऊँगा।''

नर्स ने गुस्से में कह दिया.. ''हम दिखा भी नहीं सकते हैं; हमें रिपोर्ट का प्रिंट आउट निकालना पड़ता है... जब तक रसीद नंबर नहीं डलता, रिपोर्ट नहीं खुलती है, आप टाइम खराब मत कीजिए।''

नर्स के रवैये से नाराज विवेक, सामने पड़ी बेंच पर जाकर बैठ गया। रिसेप्शन पर लगे बोर्ड पर निगाह डालकर विवेक ने सोचा कि इतनी भीड़ में ये नर्स कैसे रिपोर्ट दिखा पाती, शायद खुद को दिलासा देने के लिए ये शब्द तलाशे गये थे। बोर्ड पर लिखा था कि शिफ्ट छह बजे खत्म होती है, छह बजे के बाद कोशिश कर लूँगा, शायद कुछ मिल जाए... मेरे लिए जानना बहुत जरूरी है कि साक्षी को क्या हुआ है, वो मुझसे क्या छिपा रही है।

छह बजते ही नर्स ने फिर आवाज लगायी.. ''किसी की रिपोर्ट बची हो तो ले लो, काउंटर बंद होने वाला है; फिर सुबह 10 बजे के बाद रिपोर्ट मिलेगी।''

विवेक बेंच से उठकर फिर काउंटर के सामने जाकर खड़ा हो गया.. ''मैडम प्लीज अब देख लीजिए.. मुझे रिपोर्ट दिखा दीजिए बस, मैं लेकर नहीं जाऊँगा।''

''आप अभी तक गये नहीं; मैंने आपसे मना किया था कि ऐसे हम किसी को किसी की रिपोर्ट नहीं दे सकते हैं..''

विवेक ने रिसेप्शन पर बैठी नर्स को आशाभरी निगाहों से देखा। इस बार उम्मीद थी कि वह नर्स मान जाएगी। ''मैं जानता हूँ कि आप मुझे गलत समझ रही हैं... मेरे लिए रिपोर्ट का जानना जरूरी है; प्लीज मुझे अपना

छोटा भाई समझकर इतनी हेल्प कर दीजीए।''

''अब समझ में आया।''

''वो मेरी दोस्त है और मैं सच जानना चाहता हूँ कि वह मुझसे क्या छिपा रही है; बस यही बात है.. मैं उसकी बीमारी जानना चाहता हूँ।''

''ठीक है आप मुझे थोड़ा सा बताइए कि किसकी रिपोर्ट है और उन्हें क्या परेशानी है, जिसकी रिपोर्ट लेनी है... रिपोर्ट पढ़कर वापस दे देना।'' इस बार नर्स ने हल्की मुस्कान के साथ पॉजीटिव रिस्पांस दिया..''

''मैं समझ सकती हूँ; सुबह के पर्चे से रिपोर्ट निकाल लूँगी, लेकिन आपको पढ़कर वापस देनी होगी...''

''थैंक यू मैडम..'' ये महज शब्द नहीं था, इस शब्द में भावनाएँ छिपी थीं।

''ये हैं सभी रिपोर्ट इन्हें पढ़ लो और मुझे वापस कर दो।'' इतना कहकर नर्स ने सभी रिपोर्ट विवेक की ओर बढ़ा दी।

रिपोर्ट देखकर विवेक खुद से बात कर रहा था कि.. ''ये भी बढ़ा हुआ है, ये भी घटा हुआ है, ये बहुत ज्यादा कम है, ये बहुत कम है.. मुझे तो रिपोर्ट समझ ही नहीं आ रही है..''

इतने में रिपोर्ट वापस लेने के लिए नर्स ने अपना हाथ फिर आगे बढ़ा दिया.. ''देख ली हो तो वापस कर दो।''

''मैडम एक रिक्वेस्ट करूँ, प्लीज।''

''मुझे ये रिपोर्ट समझ नहीं आ रही है, आपके यहाँ तो बहुत से ऐसे लोग होंगे जो ये रिपोर्ट समझ सकते होंगे... प्लीज जो आपकी जान पहचान वाला हो, उसे बुला लीजिए, एक बार वो मुझे बता देंगे..''

''कौन है ये लड़की?'' नर्स ने विवेक की ओर देखकर जानना चाहा..

''मेरी दोस्त; सबसे अच्छी दोस्त है, मैं उसे पसंद करता हूँ, शायद इसी वजह से पूछ रहा हूँ... मैं बस यही चाहता हूँ कि मुझे सच पता चल

जाए, ताकि वो मुझे समझ सके।''

''अब समझ आया.. आई रिक्वेस्ट यो फीलिंग्स; इतना प्यार करते हैं आप उनसे!''

विवेक कुछ नहीं बोला.. बस हल्की सी गर्दन हिलाकर सहमति दे दी।

नर्स शायद पिघल गयी थी, या पीछा छुड़ाने की कोशिश कर रही थी.. ''यहाँ एक अनीता शर्मा मैडम हैं.. हमारे यहाँ इंटर्न कर रही हैं; मेडिकल स्टूडेंट हैं, वो इस बारे में जरूर जानती होंगी... मैं उन्हें बुलाकर लाती हूँ, वही आपको सब कुछ बता पाएँगी, क्योंकि मैं भी बहुत ज्यादा नहीं जानती हूँ।''

''शुक्रिया मैडम.. बहुत बहुत शुक्रिया।''

थोड़ी देर में नर्स, अनीता मैडम के साथ कमरे में दाखिल हुई और विवेक का परिचय कराते हुए बोली.. ''मैडम ये हमारे रिलेटिव हैं, इन्हें इस रिपोर्ट के बारे में बता दीजिए; मुझे कुछ समझ नहीं आ रहा है, तो सोचा आपसे पूछ लूँ..'' नर्स कितनी जल्दी विवेक की भावनाएँ समझ गयी थी, तभी तो इतनी जल्दी विवेक को अपना रिश्तेदार भी बना लिया था।

अनीता मैडम ने रिपोर्ट पलटते हुए एक निगाह विवेक की ओर देखा.. ''हाँ, बिल्कुल बताएँगे।''

''ये रिपोर्ट बता रही है कि ओवरी में थोड़ी परेशानी है; कैंसर के लक्षण हैं... आप किसी अच्छे डॉक्टर को दिखाओ, रिपोर्ट बहुत अच्छी नहीं है, रिपोर्ट में प्रॉब्लम होने की संभावना ज्यादा है..''

'क्या!' इस बार विवेक की आवाज में एक चिंता सी थी। वो अनीता मैडम का चेहरा टकटकी लगाए पढ़ रहा था कि अब वो क्या बोलेंगी।

अनीता मैडम रिपोर्ट का अंतिम पन्ना पलटते हुए बोलीं.. ''लेकिन इन्फेक्शन की वजह से बीमारी ज्यादा भी बढ़ सकती है।''

''इसके अलावा क्या परेशानी है?''

''देखो, परेशानी तो रिपोर्ट में बहुत आ रही है, लेकिन कन्फर्म होने के

लिए आपको दो-तीन टेस्ट ओर कराने होंगे।'' अनीता मैडम ने सुझाव दिया था।

''ठीक है।''

''अगर आपके पास अल्ट्रासाउंड रिपोर्ट, हो तो चीजे एकदम स्पष्ट हो जाएँगी कि उन्हें क्या दिक्कत है; आप इसका टेंशन मत लो.. अल्ट्रासाउंड जरूर कराना, अल्ट्रासाउंड में बिल्कुल सही पता चल सकेगा कि कितनी बड़ी गाँठ बनी हुई है।''

''मैडम एक बात.. क्या इससे लाइफ पर फर्क पड़ता है।'' विवेक अब साक्षी के जीवन की चिंता कर रहा था, शायद इसीलिए जबान पर लाइफ शब्द आ गया था।

''लाइफ पर असर पड़ता है.. इलाज कराना जरूरी है।'' अनीता मैडम ने सच्चाई बयां कर दी।

''इलाज तो चल रहा है दिल्ली से।''

''अल्ट्रासाउंड रिपोर्ट से तो एकदम सही पता चल जाता है उन्हें क्या परेशानी है... रिपोर्ट से लक्षणों का पता चलता है और अल्ट्रासाउंड से एकदम सही पता चलता है।'' इतना कहकर अनीता मैडम उस कमरे से बाहर चली गयीं। पीछे-पीछे विवेक भी उस कमरे से बाहर निकल आया। अनीता मैडम से कुछ सवाल पूछना चाहता था, लेकिन पूछ नहीं पाया।

विवेक, बेसमेंट में बनी उस लैब के चारों ओर देखने लगा। लैब में पीछे की ओर बड़ी-बड़ी मशीनें लगी थीं। उन्हीं मशीनों में से अल्ट्रासाउंड वाले कमरे के बाहर निगाह थम गयी। वो छोटी सी लैब, जिसने उसकी जिंदगी को इतना खामोश सा कर दिया था... उस लैब ने न जाने कितने लोगों को इस दुनिया से जाने की सूचना उन्हें पहले ही दे दी होगी। विवेक वहाँ से उठकर बेसमेंट की सीढ़ियाँ चढ़कर ऊपर आने लगा। उस आठ इंच की एक-एक पैड़ी पर उस वक्त बमुश्किल कदम बढ़ा पा रहा था वो।

* * *

लैब से निकलकर विवेक सीधा उस किराये के आशियाने में पहुँच

गया, लेकिन दिमाग में जैसे उस कैंसर शब्द ने अपनी जगह बना ली थी। वो आँसू जिन्हें वो छिपा रहा था, बिना कुछ कहे ही आँखों से बह निकले। पहले विवेक की डायरी में तमाम घटनाएँ होती थीं, लेकिन अब उसकी डायरी सिर्फ साक्षी तक सिमट चुकी थी। वो राज जो दोनों के बीच थे... जिन्हें साक्षी भी उस समय तक नहीं जानती थी, वो सब ये डायरी जानती थी। उस रात विवेक ने अपने जज्बात को इन शब्दों में बयां किया।

विवेक की डायरी से

पिछले कुछ दिनों से मैं सोच रहा था कि आप मुझसे कुछ छिपा रही हो; अब यकीन हो गया है कि मैं सही था। पहले अस्पताल में, फिर लैब में, मुझे सब पता चल गया है कि आपको क्या परेशानी है। आप समझती हो कि जब मुझे पता चलेगा कि आपको ओवरी की परेशानी है, जो कैंसर भी हो सकता है, तो मैं आपसे दोस्ती खत्म कर लूँगा; आपको गलत लगता है। खैर जो भी हो, मैं आपसे खुलकर सब कुछ बता चुका हूँ, अब आपको फैसला करना है कि आपको मेरे साथ रहना है या नहीं। आपके बात करने, आपके मेरे साथ चलने, हमेशा मेरी हेल्प करने से पता चलता है कि आप मुझे दोस्त से बढ़कर मानती हो, लेकिन आपकी खामोशी मुझे कुछ भी कहने से रोकती है। मैं जानता हूँ कि मेरे घरवाले आपके साथ शादी के लिए कभी तैयार नहीं होंगे, फिर भी आपके लिए सब कुछ छोड़ने के लिए तैयार हूँ। मैं जानता हूँ कि आप मुझसे जानबूझकर कम बात करने लगी हो। मुझे उम्मीद है कि आप मुझे समझोगी। आपके साथ बिताया हर पल मेरे लिए खास है। मैं कभी मंदिर नहीं जाता था, मेरी मम्मी हमेशा मुझसे कहती थी कि मैं मंदिर जाऊँ, आपने मुझे मंदिर जाना भी सिखा दिया। सुबह-सुबह छह-सात बजे उठकर आपके साथ मंदिर जाता हूँ। ऑफिस के बाद देर रात तक गोमती के किनारे मैंने अपनी जिंदगी के सबसे खूबसूरत पल बिताएँ हैं।

जीवन का सबसे अच्छा समय कैसे गुजर गया, पता ही नहीं चला... दो महीने दो दिन की तरह गुजरे। मैं आपके जवाब का इंतजार करूँगा। अगर आपने हाँ की, तो मेरी जिंदगी पहले से ज्यादा खूबसूरत बन जाएगी... अगर आपने मना किया तो तो शहर, ये नौकरी.. खुद को, आपको, सबकुछ छोड़कर वापस घर चला जाऊँगा.. बिना किसी शिकायत के...

खामोश रहा मैं हर पल तो, खामोशी से जीना सीखा।
खामोश हुई जब ये जिंदगी, तब मैंने उठकर बोलना सीखा।।
ढूँढ़ रहा था कब से खुद को, तू आई तो जीना सीखा।
गर तू ऐसे चली गयी तो, खामोशी से ... ।।

विवेक का जन्मदिन

विवेक ने पहली बार अपना जन्मदिन साक्षी के साथ मनाया था। साक्षी ने ही ये डायरी, विवेक को उस दिन उसके जन्मदिन पर दी थी। जब वो इस डायरी को लेकर उस दिन रात को घर आया था, तो बहुत खुश था। मुझे नहीं पता था कि एक दिन उसकी ये अधूरी कहानी मुझे इस डायरी से ही लिखनी पड़ेगी। डायरी के पहले ही पन्ने पर उन खुशनुमा पलों को लिख डाला था, जो उसने अपने जन्मदिन पर साक्षी के साथ बिताए थे।

विवेक की डायरी- 16 अक्तूबर

आज मेरा खुद का जन्मदिन था। मुझे जन्मदिन पर सबसे खास दोस्त ने सबसे खास तोहफा दिया। जन्मदिन पर आपने डायरी दी। ये डायरी मेरी जिंदगी का सबसे खूबसूरत तोहफा है। आज से अपनी कहानी मैं इसी डायरी में लिखा करूँगा। सही मायनों में आज जन्मदिन को सेलीब्रेट किया, पहली बार अपने जन्मदिन पर फिल्म देखी। मेरी छोटी सी जिंदगी का सबसे यादगार दिन, जिसे आपने यादगार बना दिया। मुझे याद है कि जब मैं छोटा था, उस समय मेरा जन्मदिन नहीं मनाया जाता था। मम्मी हलवा पूरी, खीर

पूरी बनाकर जन्मदिन मना देती थीं। इस जन्मदिन मम्मी मैंने आपको बहुत मिस किया। तुम कैसे मेरे जन्मदिन पर सुबह मंदिर जाती थीं, शाम को मोहल्ले के बच्चों को घर में बुलाकर खाना खिलाया करती थीं।

आज वो सब तो कुछ नहीं हुआ, फिर भी तेरी बहुत याद आयी। आज मैं घर आ भी सकता था... मेरी छुट्टी थी, लेकिन मैं आज अपना जन्मदिन साक्षी के साथ मनाना चाहता था। सॉरी.. मम्मी मैंने आपको झूठ बोला कि मेरी छुट्टी नहीं है; छोटी बहन प्रियंका से भी झूठ बोला था कि जरूरी काम है तो नहीं आ सकता हूँ। इस बार जब लखनऊ से घर आऊँगा तो तेरे लिए लखनऊ का सूट जरूर लेकर आऊँगा, तू भी खुश हो जाएगी। एक नहीं पूरे दो सूट तेरे लिए लाऊँगा.. रात के एक बज रहे हैं, लेकिन लग ही नहीं रहा है कि मेरा जन्मदिन खत्म हो गया है।

और वो चली गयी

कुछ दिन बाद – दफ्तर में

मिनट घंटों में बदल रहे थे और घंटे दिनों में तब्दील हो रहे थे। देखते ही देखते काफी समय बीत गया। बदलाव सिर्फ इतना आया था कि कि साक्षी के दिल में भी विवेक के लिए जगह बन गयी थी। अब साक्षी भी विवेक को पसंद करने लगी थी... शायद यही सोचकर उसने अपनी मम्मी से विवेक के बारे में बात कर ली थी। जब साक्षी ने मम्मी को यह बताने के लिए फोन किया कि वह विवेक से प्यार करती है, तो मम्मी ने सिर्फ इतना कहा कि तुम नौकरी छोड़कर घर वापस आ जाओ। जब साक्षी ने मम्मी को विवेक की खूबियाँ बताई तो भी मम्मी टस से मस नहीं हुईं। एक आम भारतीय औरत की तरह साक्षी की माँ को भी उसकी चिंता होगी कि कहीं दोनों के बीच कोई संबंध न हो। शायद यही वजह रही होगी कि साक्षी की मम्मी ने फोन पर बेटी को खूब डाँटा और हर हाल में घर वापस आने का फैसला सुना दिया। इसी चिंता में उन्होंने साक्षी को लखनऊ में सैकड़ों किलोमीटर दूर अपने गाँव बुलाने के लिए कह दिया। खैर... साक्षी अपनी लिमिट समझती थी लेकिन माँ को कौन समझाता। ये कहानी साक्षी की उस माँ की थी। साक्षी की माँ जिला पंचायत सदस्य भी थी। माँ, गाँव में महिला

आजादी पर मजबूती से अपनी राय रखती थी, लेकिन बात जब बेटी की आयी तो उनकी सारी धारणाएँ बदल गयीं। दिमाग में बस यही सवाल था कि कहीं बेटी हाथ से न निकल जाए। साक्षी चाहती थी कि वह पहले मम्मी से बात करेगी उसके बाद ही विवेक को हाँ करेगी। माँ की डाँट और परिवार के माहौल को देखकर साक्षी भी जानती थी कि अब वो शायद कभी वापस लौटकर उस दफ्तर में न आ पाये। संपादक जी के व्यवहार को तो वो झेल लेती, लेकिन घरवालों के खिलाफ कैसे जाती। उस दिन साक्षी आखिरी बार उस दफ्तर को निहार लेना चाहती थी.. वो उस दिन खुद से एक जंग सी लड़ रही थी, शायद इसीलिए उसने विवेक से बिना कुछ कहे वापस घर जाने का मन बना लिया था।

शाम की मीटिंग के बाद संपादक जी निकले ही थे कि विवेक ने साक्षी से कहा.. ''परेशान क्यों हो रही हो, गये संपादक जी; संपादक जी की डाँट को दिल पर नहीं लेते, कभी-कभी मुझे भी डाँट देते हैं।''

''मैं ये नौकरी छोड़ने का मन बना चुकी हूँ; मुझे अब ये नौकरी नहीं करनी है, मेरी तबियत खराब है।'' साक्षी, विवेक को कैसे समझाती कि वो किस कारण से अपने घर वापस जा रही है।

''मेरी वजह से? मैं आपको इतना परेशान जो करता हूँ, शायद आप इसी वजह से घर जा रही हो..''

''आपकी वजह से नहीं, आपकी वजह से तो अब तक नौकरी कर रही हूँ... आप मेरी इतनी हेल्प जो करते हैं।'' इतना कहकर साक्षी ने गर्दन हिलाई, जैसे बिना शब्दों के शुक्रिया कहना चाह रही हो। मुँह से तो कोई शब्द नहीं निकला था, लेकिन साक्षी ने इशारों में अपनी बात कह दी थी।

'' कोई बात नहीं; मुझे तो कुछ याद नहीं है कि मैंने कभी आपकी कोई हेल्प भी की होगी, फिर आप क्यूँ याद कर रही हो?'' इतना कहकर विवेक मुस्कुरा दिया। साक्षी भी विवेक को देखकर बेमन से मुस्कुराई। उस फीकी सी मुस्कुराहट के पीछे एक अजीब सा राज छिपा था।

''मैं याद नहीं कर रही हूँ; आज रात को साढ़े नौ बजे वाली बस से मुझे घर के लिए निकलना है... वापस आने का मन तो नहीं कर रहा है, फिर भी

मैं लखनऊ वापस आऊँगी। मुझे कल डॉक्टर के पास जाना है, इसलिए घर जा रही हूँ।'' जानते हुए भी कि अब वो वापस लौटकर नहीं आने वाली, फिर भी एक झूठा आश्वासन विवेक को दे दिया.. या झूठ बोलकर खुद को तसल्ली दे रही थी।

''मैं बैग पैक करके साथ लायी हूँ, थोड़ी देर में बस अड्डे जाना है, अभी तो आठ बजे हैं..''

''मैं आपको बस अड्डे तक छोड़ देता हूँ, वहाँ से आप चले जाना, नहीं तो आप परेशान हो जाओगी।''

''ठीक है, आप मुझे बस अड्डे के पास छोड़कर चले जाना, मैं थोड़ी देर बस का इंतजार कर लूँगी..'' साक्षी ने आँखों से सहमति दे दी, जैसे वो मन ही मन कह रही हो कि आज के बाद तो शायद कभी उस मोटरसाइकिल की पिछली सीट पर न बैठ पाऊँ, जिस पर बैठकर आधा लखनऊ घूमा..

विवेक धीरे-धीरे मोटरसाइकिल चला रहा था। वो चाहता था कि दस मिनट का रास्ता घंटों में तब्दील हो जाए, लेकिन बस अड्डे को तो आना ही था। बस अड्डे के एक कोने में बाइक खड़ी करके विवेक ने काउंटर की ओर देखा.. ''पहले टिकट तो ले लो.. उसके बाद घर चले जाना।''

''मैंने ऑनलाइन टिकट बुक करा लिया है, उसका मैसेज भी है मेरे पास, टिकट की जरूरत नहीं है, अब आप घर जाओ।''

''साक्षी जी चलो कुछ खाते हैं, मुझे भूख लग रही है; आप भी सफर के लिए कुछ ले लेना।''

साक्षी बस अड्डे पर हर तरफ नजर दौड़ाती हुई बोली.. ''बस अड्डे पर तो बैठने के लिए भी जगह नहीं है।''

''अभी पैंतालीस मिनट बचे हैं... मेरे साथ चलो, आपको कुछ स्पेशल खिलाता हूँ, स्पेशल जगह पर, स्पेशल जगह खाते हैं, चलो...''

हल्की मुस्कान के साथ साक्षी ने विवेक की ओर देखा.. ''अरे पहले बताओ तो सही, चलना कहाँ है... बस का टाइम हो रहा है, फिर लेट हो जाएँगे, मॉल जाने का समय नहीं है।''

विवेक, साक्षी का हाथ पकड़कर बस चलता गया। थोड़ी दूर चलने के बाद अस्पताल को देखकर साक्षी बोली... ''अस्पताल में कहाँ स्पेशल जगह है, अरे कुछ बोलो तो सही, मैं इतनी देर से आपसे कुछ पूछ रही हूँ और आप हैं कि कुछ बता ही नहीं रहे हैं; अस्पताल में चले जा रहे हैं बस।''

''ये रही अस्पताल की कैंटीन, यहाँ बैठकर चाय पिएँगे, खाना खाएँगे.. है न स्पेशल ओपीडी वाली चाय...''

''आप पागल हो गये हो, कोई किसी को ऐसे ओपीडी वाली चाय पिलाने के लिए लाता है... सामने ऑपरेशन थिएटर है, अब ये मत बोलना कि ऑपरेशन थिएटर में डिनर मिलता है..''

''यहाँ सिर्फ मैं इसलिए आया हूँ, क्योंकि बस अड्डे के पास यह सबसे अच्छी जगह है जहाँ कोई डिस्टर्ब नहीं करेगा। दस-पंद्रह मिनट में पहुँच जाएँगे बस पकड़ने...''

साक्षी एकटक विवेक को देखने लगी। सोच रही थी कि विवेक ने कुछ समय साथ गुजारने के लिए ओपीडी को ही चुन लिया। कहीं न कहीं वो खुद से लड़ रही थी कि आज के बाद वो उससे कभी नहीं मिलेगी। इंसानों को समझने की परख उसे ज्यादा तो न थी, लेकिन पहली ही मुलाकात में उसने विवेक को परख लिया था कि वो इंसान अच्छा है, शायद इसीलिए उसे कभी खोना नहीं चाहती थी।

एक बार फिर साक्षी बेमन से खुश दिखने की कोशिश करने लगी.. ''अच्छा आइडिया है.. ओपीडी वाली चाय।''

''लो चाय आ गयी.. आपके फेवरेट चिप्स, सैंडविच और नमकीन।'' विवेक ने चाय का कप साक्षी की ओर बढ़ा दिया।

''हाँ मेरे फेवरेट हैं.. वैसे आप इतना कष्ट क्यों उठा रहे हो, अपने घर जाओ.. मैं अपने घर चली जाऊँगी..''

''आप मुझसे बहुत प्यार करते हो, मुझे पता है।''

वो चिप्स का पैकेट ऐसे पलट रहा था जैसे चिप्स की कंपनी खरीदनी हो।

साक्षी ने अपना एक हाथ बढ़ाकर विवेक के हाथ पर रख दिया.. ''मैं शादी नहीं करना चाहती हूँ; मैं बीमार रहती हूँ, आप बहुत अच्छे इंसान हो..''

''मतलब आपने मना कर दिया!''

''मैंने मना नहीं किया है.. मुझे लगता है कि हम अलग हैं.. आप मेरे बहुत अच्छे दोस्त हो.. लेकिन मैं आपसे प्यार नहीं करती हूँ, हम हमेशा अच्छे दोस्त रहेंगे।''

''ठीक है.. आपको बुरा लगा हो तो सॉरी।'' विवेक ने कान पकड़ते हुए माफी माँग ली।

''आपकी वजह से बुरा नहीं लगा है; आप तो मुझे प्यार करते हैं.. बस वो बात अलग है... लेकिन एक बात सोच रही थी कि मीडिया संस्थानों में महिला पत्रकारों के लिए कितना खराब माहौल होता है। इतने खराब माहौल में कोई कैसे नौकरी कर सकता है..'' साक्षी ने इस अनचाहे टॉपिक पर बात छेड़कर बात बदल दी।

''हाँ ठीक बात है।''

''चलो अब पंद्रह मिनट रह गये हैं.. बस का टाइम होने वाला है। लेट हो गये तो बस चली जाएगी, किसी का वेट नहीं करेगी।''

विवेक ने साक्षी का बैग कंधे पर टाँग लिया और साक्षी का हाथ पकड़कर बस की ओर बढ़ने लगा। जैसे-जैसे बस नजदीक आने लगी, तो साक्षी की आँखों के सामने पुरानी तस्वीरें आने लगीं। जिस दोस्त ने उसका हाथ थामा हुआ था, वो कुछ ही देर में उसका साथ छोड़ देगा। वो चाहती थी कि ये वक्त हमेशा हमेशा के लिए थम जाए। शायद उसे ये अहसास हो रहा था कि आज के बाद शायद फिर कभी मुलाकात भी न हो।

आखिरी 15 मिनट

दोनों के कदम बस की ओर बढ़ रहे थे कि साक्षी बोल पड़ी.. ''विवेक सर, आप मुझे बहुत प्यार करते हो, मुझे पता है; इतना प्यार कोई किसी को कैसे कर सकता है... आपको पता है कि मैं बीमार रहती हूँ, फिर भी..''

''मुझे नहीं पता कि क्यूँ, बस जो लगता है आपसे बता दिया.. आपको जैसा ठीक लगे करो, आप मना भी कर सकती हो... मना करोगी तब भी मुझे बुरा नहीं लगेगा, हम दोस्त हैं, हमेशा दोस्त ही रहेंगे।''

साक्षी चाहती थी कि विवेक उसे खुद ही मना कर दे, ताकि उम्र भर वो उम्मीदों के बोझ से मुक्त हो सके। ''पता है विवेक सर, मुझे कैंसर है, मेरी लाइफ का कुछ पता नहीं है; लंबे समय तक इलाज चलेगा। मैं आपको परेशान नहीं करना चाहती हूँ। आप बहुत अच्छे इंसान हो, मुझसे भी अच्छी कोई ओर लड़की आपकी जिंदगी में आएगी।''

''मुझे पता है कि आपको कैंसर है, ओवेरियन कैंसर है, लेकिन इलाज हो जाता है।''

विवेक के मुँह से ओवेरियल कैंसर का नाम सुनकर साक्षी हैरान रह गयी। उसने कभी विवेक को नहीं बताया कि उसे कैंसर है। सोच रही थी कि

इतनी भयंकर बीमारी जानने के बाद वो अब भी पसंद करता है। उस धीमी रोशनी में विवेक का चेहरा पढ़ने लगी। मन में एक सवाल बार बार उभर रहा था कि विवेक से अच्छा दोस्त उसकी जिंदगी में कभी नहीं आएगा।

विवेक ने साक्षी की ओर देखते हुए कहा.. ‘‘मुझे उस दिन अस्पताल में और अगले दिन लैब में भी पता चल गया था कि आपको ओवेरियन कैंसर है। मुझे आपका फैसला अच्छा तो नहीं लगा था, लेकिन स्वीकार कर रहा हूँ।’’

साक्षी इतना सुनकर भी चुपचाप मूर्ति की तरह खड़ी रही, कि जो इंसान इतनी बड़ी बीमारी के साथ अपना रहा है वो कभी धोखा तो दे ही नहीं सकता है। मुँह से बस एक वाक्य निकला.. ‘‘आप मुझे भगाना चाहते हो’’ साक्षी की हिम्मत जवाब दे गयी। आँखों से झर झर आँसू बहने लगे। कुछ पल के लिए एकदम चुप हो गयी, विवेक की ओर से मुँह फेर लिया, कहीं विवेक उसके उन आँसुओं को न देख ले, जो बिना इजाजत लिये आँखों से बाहर आकर दुनिया की सैर करने के लिए निकल पड़े थे। साक्षी, विवेक से नजरें बचाकर बस अड्डे के उस ओर दिख रहे अँधेरे को देखे जा रही थी, मानो उस अँधेरे में समा जाना चाहती हो। बस अड्डे पर जल रही नारंगी लाइट भी जैसे अँधेरे में तब्दील हो गयी। शायद सच छिपाते छिपाते साक्षी की हिम्मत ने जवाब दे दिया था। विवेक ने साक्षी की ओर देखा और एक पल के लिए समझ ही नहीं पाया कि वो रो क्यों रही है।

यात्रियों के इंतजार के लिए बनी बेंच पर साक्षी धम्म से बैठ गयी। विवेक ने साक्षी के कंधे पर हाथ रखा, इस बार दिलासा देने की बारी उसकी थी। साक्षी बिना कुछ बोले विवेक के कंधे पर सिर रखकर रोने लगी.. मुँह से बस तीन शब्द निकले... ‘आई लव यू..’

विवेक की आँखों में खुशी के आँसू थे। उसने साक्षी को गले लगा लिया।

साक्षी आँसू पोंछते हुए खोई हुई हिम्मत से बताने लगी, क्योंकि उसके पास समय नहीं था और बस भी चलने वाली थी.. ‘‘मैंने अपने घर बता दिया है कि मैं आपसे प्यार करती हूँ; घर में कोई कुछ सुनने के लिए तैयार

ही नहीं है, बस सब मना कर रहे हैं... मम्मी को इतना समझाया वो मानती ही नहीं हैं। पापा और भाई तो ऐसे बात करते हैं जैसे वो जानते ही न हों। मैं आपको सब कुछ बता देना चाहती थी, लेकिन कभी हिम्मत ही नहीं हुई; मुझे लगता था कि आप मेरी बीमारी सुनकर मना कर दोगे।''

इतना सुनकर विवेक के चेहरे पर खुशी के आँसू लुढ़कने लगे.. ''मैं हमेशा आपका साथ दूँगा, बीमारी कभी हमारी दोस्ती में बाधा नहीं बनेगी.. जितने भी दिन की जिंदगी है, साथ गुजरेगी... अगर घरवाले मना भी कर देते हैं तो हम भागकर शादी कर लेंगे, मैं अपने घरवालों को मना लूँगा और आप भी कोशिश करना..''

फासले मिट से गये और मंजिल नजदीक आ गयी। बस अड्डे पर जल रही नारंगी लाइट में चमक बढ़ चुकी थी। सारे गिले-शिकवे आँसुओं के साथ बह चुके थे। सामने खड़ी बस ने हॉर्न देकर चेताया कि वह चलने के लिए तैयार है। साक्षी के जाने का वक्त हो गया था। विवेक ने साक्षी का बैग बस में चढ़ाते हुए उसे विदा कर दिया और आश्वासन दिया कि अगर उसके घरवाले नहीं मानते हैं तो वो भागकर शादी करने के लिए तैयार हैं। इतने में बस दिल्ली के लिए प्रस्थान कर गयी।

उस दिन जब रात को विवेक वापस आया, तो बेहद खुश था। लखनऊ में इतना खुश मैंने उसे पहले कभी नहीं देखा था। उसने मुझे बताया कि साक्षी मान गयी है, लेकिन उसके घरवाले नहीं माने हैं। वह घर जाकर अपने घरवालों से बात करेगी। लेकिन उसके माथे पर 'अगर घरवाले नहीं माने तो' वाली चिंता की लकीरें भी बिल्कुल साफ पढ़ सकता था। खैर जो हो, हमने उस स्थिति का पूरा लुत्फ उठाया। मेरे कंजूस दोस्त ने मुझे पिज्जा पार्टी दी और मैंने भी बदले में आश्वासन दिया कि अगर उसके घरवाले नहीं माने, तो कोर्ट मैरिज में मैं उसका गारंटर बनूँगा। मैं उसकी कहानी सुनता रहा। उसने एक एक करके उस रिश्ते की सारी परत खोलकर मेरे सामने रख दी। मैं बड़े चाव से देर रात तक उसकी कहानी सुनता रहा। मुझे नहीं पता था कि मुझे उसकी कहानी कभी लिखनी भी पड़ेगी।

उसके जाने के बाद

पुरानी कहावत है कि खुशियाँ अपने पीछे गम के निशान जरूर छोड़ जाती हैं। बस अड्डे पर उस दिन खुशियों से मुलाकात हुई थी... जब साक्षी उसे अंतिम बार मिली थी। घर जाने के बाद तो जैसे विवेक को भूल गयी हो। कुछ दिन बाद तक तो दोनों की बात होती रही। मैं उसका रूममेट था। लेकिन पाँच दिन बाद तो जैसे संपर्क सा टूट गया था। फोन लगातार स्विच ऑफ आ रहा था, ऐसे मे विवेक का चिंतित होना लाजिमी भी था। कुछ दिन पहले तक खुश रहने वाले उस कमरे से जैसे खुशियाँ रूठ सी गयी थीं, बिना जानकारी राजनीति पर बोलने वाला मेरा दोस्त खामोश सा हो गया था। उस दिन उसने अपनी डायरी में लिखा था...

विवेक की डायरी

आज पंद्रह दिन बीत गये हैं, पूरे पंद्रह दिन। पंद्रह दिन पहले आप मुझसे कहकर गयी थीं कि आप जल्दी वापस आओगी; न आप वापस आयीं न आपका फोन आया। मुझे आपके साथ रहने की आदत जो पड़ गयी है। कम से कम एक बार बताया तो होता कि आप मुझसे कभी नहीं मिलोगी। मैं

यहाँ इंतजार कर रहा हूँ... हर घड़ी, बस इंतजार.. इंतजार करते हुए मैं थक गया हूँ। मैं जानता हूँ कि आपको मेरी बात का बुरा लगा होगा, इसलिए आप वापस लौटकर नहीं आयीं, एक बार मुझे फोन करके बता दो कि आप मुझसे मिलने के लिए कभी लखनऊ नहीं आओगी.. मुझे पता है कि आप मेरे लिखे को नहीं पढ़ रही हो, फिर भी कह देना चाहता हूँ कि जबसे आपने लखनऊ छोड़ा है, तब से खुद को दोषी मान रहा हूँ.. जिस हाल में भी हो हमेशा खुश रहना.. मैं बस आपको खुश देखना चाहता हूँ.. जिस हाल में भी हो हमेशा खुश रहना.. मैं बस आपको खुश देखना चाहता हूँ। लखनऊ का ऑफिस, मॉल की आइसक्रीम और पिज्जा बर्गर की वो दुकान... जब भी इन्हें देखता हूँ तो वो सब मुझे चिढ़ाती हैं, सब आपकी याद दिलाती है.. आपके बिना इन सबका कोई मोल नहीं है। मेरे पास न आपका पता है और न ही कोई दूसरा फोन नंबर है जिससे संपर्क कर सकूँ। फेसबुक पर भी आपको सैकड़ों मैसेज भेज चुका हूँ, लेकिन आपने कभी जवाब नहीं दिया। कभी-कभी लगता है डॉक्टर ने आपको कुछ गलत न बता दिया हो जो आप बात नहीं कर रही हो। अब मैंने तय कर लिया है कि बहुत जल्द मैं अपने घर चला जाऊँगा। ये नौकरी, ये शहर, वो वादे.. सब कुछ लखनऊ में छोड़कर चला जाऊँगा। उन यादों से बहुत दूर, जो मुझे खुशी का अहसास दिलाती थीं। नहीं जीना मुझे अब उन यादों के साथ.. जिनसे तुम्हारा नाता हो, मैंने अपनी हर मुलाकात को, जिंदगी के छोटे बड़े किस्सों को इन डायरियों में बड़े सलीके से सजाया है। जब मैं ये डायरी लिखता हूँ तो मुझे अहसास होता है कि मैं इन अधूरी यादों को क्यों लिख रहा हूँ.. आपका बहुत बहुत शुक्रिया, आपने मुझे जिंदगी का सही मतलब जो समझाया........

हॉस्टल में

ये विवेक की लखनऊ में आखिरी शाम थी। बार-बार दिमाग में गलत खयाल आए जा रहे थे कि कहीं उसके घरवालों ने उसकी शादी कहीं दूसरी जगह न तय कर दी हो। साक्षी तो ऐसी नहीं थी कि वह फोन न करे। उस दिन शाम को विवेक ने मुझे बताया कि वो वापस घर लौट जाना चाहता है। हमारा मन बड़ा चंचल सा होता है। कई बार विवेक के मन में साक्षी की

बेवफाई से जुड़े सवाल भी आ रहे थे। लखनऊ से जाने के बाद साक्षी का फोन स्विच ऑफ हो गया था। हम बालकनी में बैठकर गली में खेल रहे बच्चों को देखते रहे, जैसे खुद का बचपन याद कर रहे हों। विवेक भी छज्जे पर बैठकर बच्चों को देख रहा था, लेकिन उसे कुछ पता नहीं था कि उस खेल में क्या चल रहा है। छुट्टी वाले दिन अंपायरी करने वाला मेरा दोस्त आज एकदम शांत सा था। छुट्टी वाले दिन मैं और विवेक दोनों बच्चों के उस झुंड में जा मिलते थे, आज नजारा बिल्कुल बदला हुआ था। हम गली में खेल रहे बच्चों को देखकर बीते दिनों की यादों को समेटने लगे। रात दस बजे उसे घर जाने के लिए ट्रेन पकड़नी थी। हमने प्लान बनाया कि पहले गोमती नदीं के किनारे बने अंबेडकर पार्क चलते हैं... वहाँ से मैं उसे स्टेशन तक छोड़ दूँगा। जब हम पहली बार लखनऊ आए थे तो गोमती के पास अक्सर समय गुजारा करते थे। ये हमारी आखिरी मुलाकात थी, अगले दिन विवेक गाँव वापस चला गया था। जब वो घर गया था तो मुझे अहसास हो रहा था कि विवेक अब वापस लौटकर नहीं आएगा... फिर भी जब उसने जाने का मन बना ही लिया था तो मैं भी कुछ नहीं कर पाया।

विवेक की डायरी

आपकी यादों से बचने के लिए मैं अपने घर, अपने गाँव आ गया हूँ, लेकिन आपकी यादें मेरा पीछा नहीं छोड़ रही हैं। घूम फिरकर वही याद करता हूँ जिसे भुलाने की कोशिश कर रहा हूँ। लखनऊ से लौटने के बाद अब मेरा पूरा दिन पुराने मैसेज पढ़ने में और डायरी देखने में निकल जाता है। जब भी किसी का फोन या मैसेज आता है तो लगता है कि आपका फोन या मैसेज होगा। आपसे बात नहीं हुई है। मैं लखनऊ से सब कुछ छोड़कर वापस अपने गाँव आ गया हूँ। उस दुनिया में वापस लौट आया हूँ, जहाँ से मैं चला था। आपकी हर याद को मैंने सँभालकर रखा है; आपकी अस्पताल की रसीद, रिपोर्टिंग डायरी, गर्मी से बचने के लिए वो दस्ताने जो आपने दिये थे, वो सब कुछ मैंने सँभालकर रखा है। मुझे लगता है कि अब आप वापस नहीं आओगी, क्योंकि कोई भी जिंदा इंसान इतना पत्थर दिल नहीं हो सकता है। जहाँ तक मैं भी आपको जानता हूँ, आप भी पत्थर दिल नहीं हो;

मुझे यकीन है कि एक दिन आप वापस जरूर आओगी और मुझे बताओगी कि इस वजह से तुम वापस नहीं आ रही थी। आपने जो डायरी मुझे मेरे जन्मदिन पर दी थी, आजकल उसी डायरी में मैं अपनी कहानी लिख रहा हूँ...

चली गयीं तुम यहाँ से अब तो,
फिर भी मेरी यादों में रहती हो।
भूलना चाहूँ तुम्हें मैं हरदम,
फिर भी याद तुम्हारी आती है।
जाना ही था तो कहकर जाती,
सपने देकर क्यूँ चली गयीं,
टूटे-फूटे सपने का जीवन,
मेरे लिए क्यूँ छोड़ गयी।

ये क्या हो गया

विवेक के जाने के बाद मेरा भी लखनऊ में मन नहीं लग रहा था। मैंने भी दफ्तर से पंद्रह दिन की छुट्टी की मंजूरी ले ली थी। उस दिन ऑफिस में काम खत्म करने के बाद मैं घर जाने के लिए तैयार था। ई-मेल अकाउंट लॉग आउट करने से पहले मेरी नजर अचानक एक ई-मेल पर टिक गयी। साक्षी नागर के चार-पाँच मेल इनबॉक्स में पड़े थे। मैं मेल देखकर चौंक-सा गया। खबरों का आदान-प्रदान करने के लिए ही कभी-कभी साक्षी मुझे और मैं साक्षी को मेल करता था। फोन पर कम बात हुई, बमुश्किल चार-पाँच बार हुई होगी।

लखनऊ से जाने के बाद तो साक्षी की भी कभी विवेक से बात नहीं हुई थी, तो मेरा चौकना लाजिमी भी था। जब मैंने मेल खोला तो लगा जैसे मेरे पैरों के नीचे से जमीन सरक गयी हो, आसमान धरती पर आ गिरा हो। साक्षी ने ई-मेल में लिखा था कि 'नीरज सर, आपका दोस्त विवेक खतरे में है। आज मैंने विवेक को मिलने के लिए गाँव के पास बुलाया था; पता नहीं मेरे भाइयों को कैसे पता चल गया कि मैं उनसे मिलने जा रही हूँ। उन्हें गाड़ी में बैठाकर कहाँ ले गये, मुझे नहीं पता है। मेरा फोन घरवालों ने छीन लिया है, इसलिए मेल कर रही हूँ... प्लीज एक बार आप उनके घर पर पता करके

मुझे मेल पर ही रिप्लाई कर दो, वो कैसे हैं। मैं जानती हूँ कि आपको हमारे बारे में सब पता है... आपका घर उनके घर के पास में ही है, मेरे कहने पर एक बार उनके घर से पता करके बता दो।''

इतना पढ़कर मेरे चेहरे की हवाइयाँ उड़ गयीं, पसीने की नन्हीं नन्हीं बूदें चेहरे पर उभर आयी। दिल जोर-जोर से धड़क रहा था... उँगलिया थीं कि की-पैड पर चल ही नहीं रही थीं। मैंने आठ-दस बार विवेक का फोन मिलाया तो फोन पर सिर्फ स्विच ऑफ ही सुनाई पड़ा। फिर मैंने साक्षी का फोन नंबर मिलाया, वो भी स्विच ऑफ था। मुझे धीरे-धीरे अनहोनी की आशंका ने घेर लिया था। दायीं आँख फड़फड़ा रही थी।

फिर मैंने विवेक की मम्मी को फोन मिलाया। जब हम स्कूल में पढ़ते थे तो इसी नंबर पर हमारी बात होती थी। दो बार घंटी जाने के बाद भी जब किसी ने फोन नहीं उठाया तो मेरी धड़कनें और तेज हो गयीं। चौथी बार में विवेक की छोटी बहन ने फोन उठाया। चिरपरिचित अंदाज में नमस्ते बोलकर वो खामोश हो गयी। उसकी खामोशी और आवाज का भाव ये बताने के लिए काफी था कि कुछ गलत हुआ है।

मैंने डबडबाती आवाज में सिर्फ इतना पूछा.. ''विवेक का फोन नहीं लग रहा है, क्या विवेक से बात हो सकती है?'' इतना सुनकर प्रियंका रो पड़ी।

मैंने उसे सँभालने की कोशिश की.. ''क्या हुआ, कुछ तो बताओ..''

फिर खामोशी तोड़ते हुए बोली.. ''वो अस्पताल में हैं, आज किसी ने उन पर हमला कर दिया था।''

मुँह से बस ढ़ाई अक्षर निकले.. 'क्या!'

वो फिर खामोश हो गयी। उसके भाव, रोने की हल्की आवाज और रोने से निकलने वाली सुबकियाँ मैं फोन पर सुन रहा था.. ''रो मत, सब कुछ ठीक हो जाएगा।''

गोली का नाम सुनकर तो मौत का भयानक मंजर मेरे सामने घूमने लगा.. ''अब कैसा है विवेक, किसने गोली मारी.. क्यूँ गोली मारी।'' एक

साथ इतने सवाल कर दिये थे।

मेरे सवालों को सुनकर वो खामोश रही, भरे हुए गले से कुछ वाक्य निकले.. ''पता नहीं किसने किया ये सब... सुबह बुआ के घर जाने के लिए निकले थे, फिर किसी का फोन आया कि अस्पताल में भर्ती हैं, बाकी कुछ नहीं पता...''

''अब कैसा है वो...'' मैं फोन पर ही सारा हाल जान लेना चाहता था।

उसने बस इतना कहा... ''डॉक्टर ने बताया कि गोली लगी है, उसका ऑपरेशन हुआ था कुछ देर पहले..''

''मैं बात कर सकता हूँ उससे, एक बार बात करा दो...''

''बात नहीं कर सकते हैं, अभी होश नहीं आया है।'' इतना कहकर उसने फोन रख दिया।

मेरी बेचैनी बढ़ गयी। कुछ सवाल अब भी मेरे दिमाग में घूम रहे थे कि क्या हुआ होगा। अब भी मैं प्रियंका की बातों को भुला नहीं पा रहा था कि किसी ने उसे गोली मार दी। साक्षी का वो मेल भी तो कुछ देर पहले ही पढ़ा था, जिसमें वो अपने भाइयों की शिकायत कर रही थी कि उसके भाइयों ने विवेक को बागपत से उठा लिया।

ख़यालों ही ख़यालों में घटना की कड़ियाँ जुड़ने लगी कि विवेक, साक्षी से मिलने गया, वहाँ से उसके भाइयों ने उठाया और गोली मारकर कहीं फेंक दिया। मैंने अपना फोन निकाला और साक्षी का कई बार फोन मिलाया। ये प्रयास नाकाफी थे। साक्षी का फोन नहीं लगा, उसी का ई-मेल मेरे सामने खुला हुआ था। मेल करने के अलावा कोई विकल्प भी तो नहीं था।

अपनी काँपती ऊँगलियों से साक्षी को ई-मेल लिखा। शब्दों को ऐसा लिखना चाहता था कि साक्षी को लगे कि सब कुछ ठीक है। फोन न मिलने की वजह से ई-मेल ही आखिरी विकल्प बचा था। मैंने साक्षी को मेल के रिप्लाई में लिखा कि.... ''हैलो साक्षी जी, मेरी अभी विवेक के घर बात हुई है; उसकी छोटी बहन प्रियंका ने फोन पर बताया कि वो ठीक है। वो ठीक

है, आपसे इतना प्यार जो करता है; हमेशा मुझसे आपकी ही बात करता है। मैं कल दोपहर तक पहुँच जाऊँगा, फिर आपको ई-मेल करके बता दूँगा...''

इतना लिखकर मैंने ई-मेल सैंड कर दिया, लेकिन मन अब भी नहीं मान रहा था कि विवेक की हालत ठीक होगी। करीब आधे घंटे तक बार-बार ई-मेल को रिफ्रेश करता रहा, लेकिन कोई ई-मेल रिप्लाई में नहीं आया। अब कर भी क्या सकता हूँ। कुछ देर बाद फिर साक्षी को अपनी तरफ से एक ई-मेल किया... ''वो ठीक है आप उसकी चिंता मत करो... बी-हैप्पी एंड बाय..'' लिखकर कम्प्यूटर शटडॉउन कर दिया।

दफ्तर से बिना किसी की इजाजत लिये उस कमरे की ओर निकल पड़ा, जो आखिरी दिन लखनऊ में मेरा इंतजार कर रहा था... इसके अलावा और कर भी क्या सकता था। सुबह की ट्रेन में रिजर्वेशन था। जैसे-जैसे मैं घर की ओर बढ़ने लगा, वैसे-वैसे शाम का वक्त थमने लगा। हॉस्टल के बरामदे में विवेक की मोटरसाइकिल खड़ी थी। इसी मोटरसाइकिल से वो रिपोर्टिंग करता था। बराबर में मैंने भी अपनी मोटरसाइकिल खड़ी कर दी और कमरे की ओर बढ़ने लगा।

कमरे में बीते हुए कल की यादें मेरा इंतजार कर रही थीं। एक ओर विवेक की बहन प्रियंका की बातें दिमाग में बार-बार घूम रही थीं, तो दूसरी ओर साक्षी के ई-मेल का हर शब्द अनहोनी की आशंका को बढ़ा रहा था। कुछ डरावने ख़याल मेरे दिमाग में घूम रहे थे। कमरा खोला तो सामने विवेक की कुछ यादें थीं। विवेक का एक पुराना पिट्ठू बैग, जो आधा भरा होगा, मेज पर बिखरी कुछ रिपोर्टिंग डायरियाँ और कुर्सी पर बनियान थे। उसके जाने के बाद कमरे की सफाई भी नहीं हुई थी। इस बिखरे सामान को इस छोटे से बैग में समेटा और अपना भी बैग पैक करने लगा। सुबह की ट्रेन से घर वापस जो जाना था। रात के ग्यारह बजे थे, रात को ही वापस लौट जाना चाहता था, लेकिन जा नहीं पाया।

बिस्तरा छोड़कर तीन बैगों में सामान भर लिया... उसमें एक बैग विवेक का था। कुछ देर के लिए बालकनी में जाकर खड़ा हो गया। उसी बालकनी में मैं और विवेक घंटों बैठकर हँसी-मजाक किया करते थे। किराये का वो कमरा न जाने क्यूँ उस दिन अजीब-सा अहसास दिलाता रहा, जैसे

वो निर्जीव कमरा कहना चाह रहा हो कि ये तेरी लखनऊ में आखिरी शाम है। वो कमरा एकदम नया सा लग रहा था, या यूँ कहो कि आखिरी बार कमरे को निहार लेना चाहता था।

बुरे ख़यालों के बीच कब रात की नींद आ गयी, कुछ पता ही न चल पाया। सुबह छह बजे की ट्रेन थी, लेकिन आँख तो सुबह चार बजे से पहली ही खुल गयी। मैं जानता था कि अभी ट्रेन जाने में दो घंटे हैं, बालकनी में खड़ा होकर किसी तरह समय काटने की कोशिश में लगा था। सामने जल रही पीली लाइट की रोशनी को देखता रहा। कुछ ही महीने में जो मोहल्ला मेरा अपना घर सा बन गया, अब उस मोहल्ले को छोड़ने का समय आ चुका था।

कुछ ही समय में मस्जिद से अजान की आवाज आई तो मैं भी अपना झोला उठाकर उस कमरे में कैद आधी-अधूरी यादों को छोड़कर बाहर निकल आया। मैं और विवेक दोनों मिलकर भी अक्सर ऑटो बुक नहीं करते थे। उस दिन ट्रेन छूटने की आशंका के चलते ऑटो बुक भी कर लिया। मैं किसी भी तरह जल्दी अस्पताल पहुँच जाना चाहता था।

तीनों बैग कंधे पर टाँगे-टाँगे गोमतीनगर रेलवे स्टेशन भी पहुँच गया। ट्रेन अभी प्लेटफार्म पर भी नहीं लगी थी और वैसे भी अभी उसका टाइम भी नहीं हुआ था। तय समय पर ट्रेन दिल्ली के लिए प्रस्थान कर गयी। जैसे ही ट्रेन चली, मुझे वो दिन भी याद आ गया, जब हम पहली बार लखनऊ आए थे... आते ही हमारा स्वागत एक अजीब से वाक़्ये के साथ हुआ था। हम पॉलीटेक्निक चौराहे के पास बैठे मटर वाली चाट खा रहे थे, तो सामने एक ऑटो वाला और स्कूल वाला लड़ रहे थे। दोनों की आमने-सामने से हल्की सी टक्कर हो गयी थी। उनकी लड़ाई देखकर हमें तेज हँसी आ रही थी और आती भी क्यूँ नहीं... उनकी भाषा ही ऐसी थी कि आपने पहले टक्कर मारा है.. हम बहुत देर तक हँसते रहे। उस समय हम बस एक ही चर्चा कर रहे थे कि अगर लड़ाई हमारे मुजफ्फरनगर में हो रही होती तो कैसा होता; अब तक न जाने कौन कौन से हथियार चल गये होते।

दिमाग में फिर एक सवाल आया कि विवेक के घर फोन करके पूछता हूँ कि अब उसकी तबियत कैसी है। मोबाइल पर लगातार ट्रेन का स्टेटस

चेक करता रहा कि कितनी देर से पहुँचेगी ट्रेन। जानता था कि ट्रेन सही समय पर चल रही है, लेकिन खुद को समझा नहीं पा रहा। जेब से फोन निकाला और इस उम्मीद के साथ फोन मिला दिया कि शायद अब विवेक को होश आ गया होगा।

"हैलो! हाँ प्रियंका.. अब विवेक कैसा है?"

"भैया नमस्ते.. अब ठीक हैं।" प्रियंका ने उधर से रिप्लाई किया।

"नमस्ते... विवेक कैसा है?" फिर वही सवाल दोहराया।

"अब तो पहले से ठीक है.. होश आ गया है.. लेकिन कुछ बोल नहीं रहे हैं।"

इन शब्दों ने मुझे तसल्ली दी कि ऑपरेशन ठीक हो गया है।

"सुबह होश आया था... डॉक्टर ने कहा है कि कुछ दिन में ठीक हो जाएँगे, शायद आठ-दस दिन में छुट्टी भी मिल जाए।" प्रियंका के इन लफ्जों से थोड़ा सुकून मिला।

"क्या मेरी बात करा सकती हो विवेक से?"

"अभी इस हालत में नहीं हैं कि बात कर सकें... बीच-बीच में हमारी तरफ देखते हैं; अभी पूरी तरह ठीक नही हैं।"

"मैं आ रहा हूँ; अगर विवेक को होश आए तो बताना कि मैं शाम तक अस्पताल में पहुंच जाऊँगा,..."

प्रियंका ने "ठीक है भैया.. नमस्ते।" कहकर फोन रख दिया।

इन शब्दों को सुनकर मेरी जान में जान आ गयी... लेकिन बिना देखे तसल्ली कहाँ मिलने वाली थी। दिमाग में कुछ बुरे सवाल अभी भी घूम रहे थे कि कहीं इन्फेक्शन न हो जाए, कोई अस्पताल में फिर हमला न कर दे। इन आशंकाओं के बीच ट्रेन गाजियाबाद भी पहुँच गयी।

अचानक दिमाग में ख़याल आया कि क्यों न साक्षी को भी मेल करके सूचना दे दी जाए कि अब विवेक की हालत एकदम ठीक है। मैंने ई-मेल का

इनबॉक्स इस उम्मीद के साथ खोला, शायद साक्षी का कोई मेल आया हो, करीब पंद्रह-बीस ई-मेल इनबॉक्स में पड़े थे, लेकिन साक्षी का ई-मेल नहीं था। साक्षी ने बीती रात मेरे द्वारा भेजे गये किसी ई-मेल का रिप्लाई नहीं दिया था।

साक्षी को दूसरा एक और ई-मेल भेजते हुए लिखा कि 'मेरी आज सुबह भी विवेक से बात हुई है, वो एकदम ठीक है; गाजियाबाद पहुँचने वाला हूँ, कुछ ही देर में पहुँच जाऊँगा... आप विवेक की टेंशन मत लो, वो एकदम ठीक है। शायद आपकी दुआओं का असर है, उसे कुछ नहीं हो सकता। सुबह आपके बारे में पूछ रहा था कि साक्षी कैसी है, मैंने बता दिया है कि ठीक है।'' इतना लिखकर मेल सेंड कर दिया।

मैं जानता था कि साक्षी से झूठ बोला है कि मेरी विवेक से बात हुई है और उसकी तबियत एकदम ठीक है... लेकिन मैं उस रिश्ते को जोड़े रखना चाहता था, भले ही वो रिश्ता झूठ की बुनियाद पर टिका हो। वो दोनों सच्चे लोग थे, मैं दोनों को साथ देखना चाहता था। जब तक ट्रेन दिल्ली पहुँचती, तब तक साक्षी के मैसेज का इंतजार करता रहा। न उसका कोई मैसेज आया और न फोन ही लगा।

वो दिन

दिल्ली पहुँचने के बाद सीधे बस पकड़कर अस्पताल पहुँच गया। अस्पताल में एक कमरे के बाहर प्रियंका अपनी मम्मी, जिन्हें मैं चाची बोलता था, उनके साथ खड़ी थी। उन्हें देखते ही मैं समझ गया कि यही वो कमरा होगा, जहाँ पर विवेक भर्ती है। साथ में तीन-चार लोग खड़े थे, जो विवेक की हालत जानने अस्पताल आए थे।

मैंने झुककर चाची के पैर छू लिये। चाची ने सिर पर हाथ फेरते हुए चिरपरिचित अंदाज में आशीर्वाद दिया... जीता रहा, बना रह, भगवान तेरी उम्र लगावै..। चाची मुझे बहुत प्यार करती थी। स्कूल टाइम में जब मेरी मम्मी बीमार रहती, तो तब मैं अपने घर से बिना कुछ खाये ही विवेक के घर पहुँच जाता था तो चाची ही मुझे नाश्ता करा देती थी, कभी कभी खाना भी खिला देती थी। मैं कह सकता हूँ कि अगर विवेक भी चाची के पैर छूता तो उसे भी वही आशीर्वाद मिलता।

"चाची, अब कैसा है विवेक?"

"बेटा, अब ठीक है.. पता नहीं किसने ऐसा कर दिया, हमने तो कभी किसी का बुरा भी नहीं किया है।"

मैं उनके इन शब्दों को सुनकर खामोश रहा, मेरे पास कहने के लिए शब्द नहीं थे कि किसने ये सब किया...

"होश तो आ गया है, लेकिन ज्यादा कुछ बोल नहीं पा रहा है। कल सुबह बुआ के घर जाने के लिए निकला था... पता नहीं किसने यो सब कर दिया.." इतना कहकर चाची उदास सी हो गयी।

मैंने इशारों में इजाजत लेकर कमरे में प्रवेश किया। करीब पाँच-छह लोग कमरे में पहले से ही थे। यू तो कमरा छोटा सा था, लेकिन उसका दिल बहुत बड़ा था, जो उसने इतने लोगों को अंदर आने की इजाजत दे रखी थी। विवेक लेटा हुआ था, कंधे पर पट्टी बँधी थी। मुझे देखकर बिना कुछ बोले ही मुस्कुरा दिया। कमरे में बैग रखने की जगह नहीं थी, तो मैंने तीनों बैग विवेक के पलंग के नीचे सरका दिये और सामने पड़ी बेंच पर जाकर बैठ गया।

विवेक धीरे से बोल पड़ा.. "तू यहाँ कैसे आया!"

जवाब में सिर्फ इतना कहा.. "तेरा फोन नहीं लग रहा था; फिर चाची के फोन पर कॉल किया तो प्रियंका से बात हुई, उसने बताया कि तू अस्पताल में है, मैं भी चला आया।"

रिपोर्ट दर्ज हुई या नहीं..? किसने हमला किया..? जैसे कुछ सवाल मेरे दिमाग में तो चल रहे थे, लेकिन उन्हें जबान पर नहीं आने दिया।

"ठीक है।" विवेक ने दबी जुबान से कहा था।

"वैसे भी दिल्ली वाली नौकरी की बात भी लगभग पक्की हो गयी है.. इस बार दोनों साथ नौकरी करेंगे, मेरा भी लखनऊ में मन नहीं लग रहा था तो नौकरी छोड़ दी मैंने भी।"

विवेक तो कुछ नहीं बोला, अचानक उसके ताऊजी बोल पड़े... "नीरज बेटा, नौकरी तो चलती रहेगी, पहले ये पता भी तो चलना चाहिए कि हमला किसने किया था।"

मेरे कुछ जवाब देने से पहले ही विवेक ने झट से झूठ बोल दिया.. "पता नहीं किसने किया था...."

मैं समझ गया कि विवेक ने अपने घर में कुछ नहीं बताया है। तभी तो उसकी हाँ में हाँ मिला दी... ‘‘पता नहीं ताऊ जी किसने हमला किया होगा। हो सकता है कि किसी ने धोखे से उठा लिया हो, बागपत में तो दुश्मनी होने का मतलब ही न बनता...’’

ताऊजी ने अपनी तहकीकात आगे बढ़ायी, विवेक की ओर देखते हुए पूछने लगे.. ‘‘किसी से तेरी बहस हुई हो, कभी लड़ाई हुई हो.. भैया पता ना लोग कहाँ के बदले कहाँ ले लैं...’’

विवेक की बुआ ने घर से बनवाकर पूड़ियाँ और सब्जी भिजवाई थी। चाची सामने बैठी पूड़ी और सब्जी परोस रही थी। मैंने भी रात में कुछ नहीं खाया था। विवेक को सही देखकर मेरी तो भूख बढ़ गयी। एक परंपरागत परिवार की तरह बुआ ने भी अस्पताल में आए तीमारदारों का ख़याल रखा और पूड़ियाँ बनाकर भिजवाई। खा-पीकर हम अपने ऑफिस और गाँव की बात करने लगे। बात करते-करते कब दो घंटे बीत गये पता ही न चला... साक्षी का जिक्र तो कर ही नहीं पाया।

इतने में नर्स आ गयी और जोर से आवाज लगाकर टाइम खत्म होने की सूचना दे दी.. ‘‘आठ बज चुके हैं; कोई भी दो लोग पेशेंट के साथ रुक सकते हैं।’’ अब तीन-चार लोग ही वहाँ बचे थे।

मैंने विवेक से धीरे से मजाकिया लहजे में कहा.. ‘‘साक्षी पूछ रही थी कि गुर्जर सालों की पिटाई का असर खत्म हुआ कि नहीं।’’

विवेक इतना सुनकर धीरे से मुस्कुरा दिया, जैसे वो साक्षी का किस्सा ही सुनना चाह रहा हो.. ‘‘किसी से कुछ मत बताना; मैंने किसी से कुछ नहीं बताया है।’’ कुछ पल के लिए अपने आप से बात कर खुश होता रहा, मानों उसे वो शब्द सुनने को मिल गये हों, जिन्हें वो सुनना चाहता हो।

‘‘वो भागकर शादी करने के लिए कह रही थी; मैं कह देता हूँ कि उसका पैर टूटा हुआ है, वो तुम्हारे साथ नहीं भाग सकता है।’’ इतना कहकर मैं मुस्कुरा दिया।

‘‘पागल मजाक मत कर, कोई सुन लेगा.. तू एक काम कम कर, कि आज रात यहीं रुक जा, जब सब चले जाएँगे तब बातें करेंगे।’’

वो कुछ कहने वाला ही था कि फूफा जी और ताऊ जी आ गये। फूफा जी की ओर देखते हुए विवेक बोला.. ''नीरज यहीं रुक जाएगा तो थोड़ा मेरा भी मन लगा रहेगा...''

फूफा जी इससे पहले कुछ कह पाते, ताऊ जी ने फूफा जी की ओर इशारा करते हुए कह दिया.. ''हाँ ठीक बात है.. ये घर जाकर आराम कर लेंगे।''

कुछ ही देर में सभी लोग जा चुके थे। थोड़ी देर पहले तक घुटन महसूस कर रहा वो कमरा खुलकर साँस ले पा रहा था। मेहमान अपनी ड्यूटी पूरी करके अपने-अपने घर जा चुके थे। कमरे में हम दोनों ही बचे थे।

''विवेक भाई एक बात तो बता, उस दिन क्या हुआ था, जो तेरी ये हालत हो गया?''

विवेक, चेहरे पर हल्की मुस्कान के साथ बताने लगा... ''कल साक्षी ने मुझे मिलने के लिए गाँव के बाहर बुलाया था। पता नहीं वहाँ कहाँ से पाँच-छह लोग आ गये। साक्षी ने उन्हें देखकर कहा था कि तीन उसके भाई, एक चचेरा भाई और एक उनका दोस्त था। एक भाई साक्षी को जबरदस्ती मोटरसाइकिल पर अपने साथ लेकर चला और मुझे बागपत स्टेशन के पास फेंक दिया। ऊपर से गोलियाँ मारी... एक गोली कंधे में लगी, दूसरी पैर को छूकर निकल गयी, एक कान को छूकर निकल गयी और तीसरी पेट को छूकर निकल गयी.. शुक्र है कोई गोली सीधी नहीं लगी... नहीं तो राम नाम सत्य हो जाता।''

मैंने ई-मेल का हवाला देते हुए कहा.. ''मेरे पास कल दोपहर के समय साक्षी का ई-मेल आया था, उसने बताया कि उसने तुझे मिलने के लिए बुलाया था।''

''साक्षी का ई-मेल आया था, क्या कह रही थी वो?''

जवाब में मैं बस मुस्कुरा दिया।

विवेक शरारतभरी नजरों से देखने लगा। उसने अपनी बात जारी

रखी..''उस दिन बहुत दिनों बाद साक्षी का फोन आया था; वो कह रही थी कि काफी दिन हो गये हैं वो मुझसे मिलना चाहती है। मैं भी अपने घरवालों से बहाना बनाकर मिलने पहुँच गया।''

मैं उस बहाने को सुनकर मुस्कुरा दिया।

''क्या लिखा था साक्षी ने मेल में?'' विवेक ने फिर सवाल दोहरा दिया।

''मुझे कुछ याद थोड़ी न है... अभी रुक, लैपटॉप निकालता हूँ.. खुद पढ़ लेना कि मेल में क्या लिखा था।'' मैंने लैपटॉप ऑन किया और विवेक की ओर बढ़ा दिया।

साक्षी ने जो ई-मेल भेजा था उसमें लिखा था कि ... ''नीरज सर, आपका दोस्त विवेक खतरे में है... आज मैंने विवेक को मिलने के लिए गाँव के पास बुलाया था, पता नहीं मेरे भाइयों को कैसे पता चल गया कि मैं उनसे मिलने जा रही हूँ। उन्हें गाड़ी में बैठाकर कहाँ ले गये, मुझे नहीं पता है। मेरा फोन घरवालों ने छीन लिया है, इसलिए मेल कर रही हूँ। प्लीज एक बार आप उनके घर पर पता करके मुझे मेल पर ही रिप्लाई कर दो, वो कैसे हैं। मैं जानती हूँ कि आपको हमारे बारे में सब पता है; आपका घर उनके घर के पास में ही है। मेरे कहने पर एक बार उनके घर से पता करके बता दो।''

विवेक उस मेल को पढ़कर खुश हुआ.. शायद सोच रहा होगा कि साक्षी उसे कितना प्यार करती है जो उसका हाल-चाल पता करने के लिए नीरज के पास मेल कर रही है। ''उसका मेल पढ़ने के बाद तूने कोई रिप्लाई नहीं किया!''

''रिप्लाई तो किया था, लेकिन उसके बाद उसका कोई जवाब नहीं आया...'' मैंने साक्षी को भेजे गये सेंट मेल उसके सामने खोल दिया।

विवेक कुछ सोचता हुआ बोला... ''अगर तुझे मेल किया था तो हो सकता है कि उस दिन मुझे भी मेल कर कुछ बताया हो।'' उसके बाद झट से अपना ई-मेल खोलने लगा।''

वो मार दी गयी

इनबॉक्स में छह-सात साक्षी के ई-मेल पड़े थे, जिन्हें साक्षी ने उस दिन दोपहर में एक से दो बजे के बीच भेजा था। उसके मेल को पढ़कर विवेक पलँग पर पैर पटकने लगा। फिर वो हुआ जिसकी हमें उम्मीद नहीं थी। विवेक के मुँह से बस एक ही वाक्य बार बार निकल रहा था.. ''नहीं ये नहीं हो सकता, नहीं ये नहीं हो सकता...'' मुझे उसका ये बदला हुआ व्यवहार समझ नहीं आया।

मैंने उससे लेकर लैपटॉप अपनी ओर घुमा दिया। साक्षी ने विवेक को जो ई-मेल भेजा था, उसमें लिखा था कि ''आई लव यू विवेक सर.... मैं भगवान से प्रार्थना करती हूँ कि आप जहाँ भी हों ठीक होंगे। मैं जानती हूँ कि मेरे भाइयों ने आपको मारा-पीटा.. मुझे माफ कर देना; मेरी वजह से आपको परेशानी हुई। मैं सोच रही थी कि मेरी मम्मी हमारी शादी के लिए मान जाएँगी, लेकिन मैं गलत थी... इससे अच्छा तो हम लखनऊ में ही शादी कर लेते। आज जब मैं आपसे मिली थी तो मेरे भाई ने मेरा गला भी दबा दिया था। मैं कुछ समझ नहीं पा रही हूँ कि क्या करूँ। मैं अंदर से टूट चुकी हूँ। मैं इस बंद कमरे में खुद को अकेला महसूस कर रही हूँ। मैं सुन सकती हूँ कि बाहर क्या बात चल रही है कि आपको कितनी गोली मारी गयी। सच बताऊँ तो आज मुझे अपने घरवालों से भी बहुत डर लग रहा है। उन्होंने मुझे

बाहर से बंद किया हुआ है और मैंने खुद को बचाने के लिए दरवाजा अंदर से बंद कर लिया है। मेरे घरवाले आज कुछ भी कर सकते हैं; शायद आज के बाद आपसे कभी मिल भी न पाऊँ। आपने मुझे मेरी कमियों के साथ अपनाया, मैं आपको बदले में प्यार नहीं दे सकी। अगर आज मैं मर गयी तो आसमान में तारा बनकर टिमटिमाया करूँगी, आपके घर के ऊपर भी एक घर बना लूँगी। वैसे मैं रहना तो आपके साथ ही चाहती हूँ, लेकिन शायद मेरे घरवाले जीने की मोहलत न दें। मैंने कभी आपकी फीलिंग्स की रिस्पेक्ट नहीं की, मुझे माफ कर देना ... आप अपना बड़ा पत्रकार बनने का सपना पूरा करना, अगर भूलना चाहो तो मुझे हमेशा हमेशा के लिए भूल जाना। आप ऑफिस में मुझसे अक्सर कहते थे ना कि मैं अच्छा नहीं लिखती हूँ, आज ये ई-मेल मैं पूरे दिल से लिख रही हूँ, शायद अच्छा लिख पाऊँ.... दरवाजा खुलने के बाद बाद शायद जी पाऊँ। मैं जीना चाहती हूँ, मरना नहीं चाहती हूँ.... बाय.... अपना खयाल रखना... लव यू.... टेक केयर।''

इन चंद पंक्तियों को पढ़कर जैसे रोंगटे खड़े हो रहे थे। ये ऑनर किलिंग की आशंका थी या हकीकत, कुछ समझ ही नहीं आ रहा था। बेसुध से विवेक की आँखों में शाम से जो खुशी देख रहा था, अचानक वो कहीं गुम हो गयी थी। बिस्तर पर बैठा विवेक और सिर पकड़े बैठा मैं.. न जाने किस अनहोनी की आशंका में जी रहे थे। हम अस्पताल के उस छोटे से कमरे में शांत बैठे थे और सारे गम आपस में बात कर रहे थे। चुप थे तो बस मैं और विवेक। विवेक कभी ट्यूबलाइट की ओर देखता तो कभी छत पर शांत दिख रहे पंखे की ओर, जैसे वो पंखा बस गिरने ही वाला हो। मैंने अपना हाथ विवेक की ओर बढ़ाया और बिना कुछ बोले ही दिलासा देने की कोशिश की।

विवेक ने एक पल के लिए मेरा हाथ झिड़क दिया। मैं समझ सकता था कि उस पर क्या बीत रही है। शायद वो भी यही सोच रहा होगा कि कहीं साक्षी के घरवालों ने उसके साथ कुछ गलत न कर दिया हो। मेल में तो ऐसा ही कुछ लिखा था। मैंने विवेक का हाथ पकड़ा और फिर से दिलासा देने की नाकाम कोशिश की... ''ऐसे कोई अपने बच्चों को नहीं मारता है; तू उनका बच्चा नहीं था, इसलिए हमला कर दिया था, तू टेंशन मत ले, कुछ नहीं

हुआ उसे।''

मानों उसकी बची हुई हिम्मत भी जवाब दे गयी थी। मैंने विवेक से साक्षी के गाँव का नाम पूछा और फोन कर दिया अपनी मौसी के बेटे सनी के पास। मेरी मौसी भी साक्षी के पास वाले गाँव में ही रहती थी। शायद उससे साक्षी के गाँव की कोई जानकारी मिल जाती, इसी उम्मीद के साथ फोन मिलाया था। विवेक एकटक मेरे मुँह को देखता रहा... मेरी जबान से निकले शब्दों को जैसे नोट कर रहा हो..

''हैलो.. सनी भाई... मैं नीरज बोल रहा हूँ।''

''हाँ भाई।''

''भाई तेरी जरूरत है... थोड़ी सी जानकारी चाहिए।'' मैंने फोन पर कहा था

''क्या जानकारी चाहिए बताओ।'' ये सनी का आश्वासन था।

मैंने संक्षेप में उस पूरी कहानी समझा दी... ''भाई अगर उस गाँव में कोई जानकारी हो तो प्लीज भाई एक बार पता करके बता दें।''

''नीरज भाई.. एक लड़का है हमारी क्लास में पढ़ता है.. उसी गाँव से आता है; तू उसका नंबर नोट कर ले और फोन पर बात कर ले, शायद उसे कुछ पता हो।''

नंबर लिखकर मैंने बिना कुछ कहे फोन काट दिया और फट से उस नंबर पर कॉल कर दिया जो सनी ने मुझे दिया था। उस समय रात के 10 बज रहे होंगे। काफी देर बाद फोन उठा।

''हैलो, क्या मेरी बात सचिन से हो रही है!''

''हाँ, सचिन बोल रहा हूँ, बताओ।'' उसने फोन पर कहा था।

''मैं नीरज बोल रहा हूँ.. सनी ने मुझे आपका नंबर दिया था।'' मैंने फोन पर ही फोन उठाने वाला शख्स का परिचय अपने दोस्त से करा दिया।

मैंने पूछा.. ''हाँ सचिन भाई.. मुझे एक बात पता करनी है क्या आपके

गाँव में कोई साक्षी नागर नाम की लड़की रहती है?''

फोन के दूसरी तरफ से बोल रहे शख़्स ने छूटते ही बोल दिया... ''वो लड़की जो कल मर गयी।''

''मर गयी मतलब!!'' ये शब्द मेरे कानों में तीर की तरह चुभे और किसी तरह खुद को शांत रखते हुए पूछा

''साक्षी नागर नाम की एक लड़की की मौत कल हो गयी थी।'' उसने स्तब्ध कर देने वाला जवाब दिया था।

मझे अपने कानों पर भरोसा ही नहीं हुआ... ''क्या गाँव में साक्षी नागर नाम की दूसरी लड़की भी है?''

जवाब में उसने कहा... ''हाँ एक लड़की ओर भी है.. जो लड़की मरी है, वो तो एक पत्रकार थी।'' इन शब्दों ने जैसे साक्षी की मौत की पुष्टि कर दी हो, मैं हक्का-बक्का रह गया...''

''कैसे मरी वो?'' मुँह से बस इतना ही निकला

फोन पर उस ओर से बात कर रहे उस अंजान शख़्स ने कहा... ''गाँव में कुछ लोग बोल रहे थे कि उन्होंने खुद अपनी बेटी को मार दिया; मरने से पहले उनके घर से चिल्लाने की आवाज भी आयी थी... शाम को मौत हुई, रात को रिश्तेदारों के आने से पहले ही अंतिम संस्कार कर भी कर दिया गया।''

क्या...'' मेरे शब्दकोश के सारे शब्द खत्म हो चुके थे।

विवेक सामने बैठा हुआ मेरे चेहरे को बस देखे जा रहा था। उसने अंदाजा लगा लिया था कि साक्षी अब इस दुनिया में नहीं रही। अब तो जैसे सारी उम्मीदें ही खत्म हो चुकी थीं। आँखों से आँसू टपकने लगे, मुँह से कोई शब्द नहीं निकला।

दस-पंद्रह मिनट में विवेक की हालत खराब हो गयी। कुछ पल के लिए बेहोश हो गया। मेरे जोर-जोर से डॉक्टर-डॉक्टर चिल्लाने पर नर्स, डॉक्टर के साथ वहाँ आई। डॉक्टर ने नब्ज पकड़ी और सिर्फ इतना कहा

कि कमजोरी के कारण बेहोश हुए हैं, ज्यादा खून बहने के कारण कमजोरी आ गयी है। डॉक्टर के जाने के बाद वो नर्स वहाँ खड़ी हुई विवेक की निगरानी करती रही।

मैं उसका चेहरा इस उम्मीद के साथ देखता रहा कि शायद अब आँखे खोलेगा। जैसे ही आँख खुली, वो नर्स एक हल्की सी मुस्कान के साथ कमरे से बाहर निकल गयी। विवेक ने आँखें खोली और आँखों में आँसू लिए कमरे की दीवारों को निहारता रहा। शायद दीवारों पर कहीं साक्षी की तस्वीर खोज रहा होगा। साक्षी अब कहाँ आने वाली थी। वो उस दुनिया से बहुत दूर जा चुकी थी। इस दुनिया में, जहाँ से कोई वापस लौटकर नहीं आता है।

सिर्फ साक्षी नहीं मरी थी, मर तो मेरा दोस्त विवेक भी गया था। उसका टूटा-फूटा शरीर बेड पर पड़ा था, लेकिन उसकी आत्मा तो उसका साथ कुछ देर पहले ही छोड़ चुकी थी। उस बेजान शरीर में बस विवेक रह गया था, वो भी उस आधी अधूरी लड़ाई को लड़ने के लिए। मुझे अपने कानों पर भरोसा ही नहीं हो रहा था कि वो अंजान सा शख्स अचानक क्या कह गया थोड़ी देर पहले।

सब कितने खुश थे यहाँ पर। एक फोन कॉल के साथ कोई वहाँ से खुशियों की झोली भरकर ले जा चुका था... बदले में हमें दे गया था, गम-सिर्फ गम। मैंने लैपटॉप बंद किया और फिर उसी बैग में रख दिया। अगर ये लैपटॉप बैग से बाहर न निकलता तो शायद कुछ दिन और उस राज पर परदा पड़ा रहता। नर्स थोड़ी देर पहले कहकर गयी थी कि आप आराम करो... लेकिन आराम तो वहाँ था ही नहीं...

मैं सोच रहा था कि कैसे विवेक को दिलासा दूँ। अपनी सामाजिक व्यवस्था पर मुझे गुस्सा भी आ रहा था। मैंने वहाँ बैठे-बैठे तय कर लिया था कि हत्यारों को सजा दिलवाकर रहूँगा। सुबह थाने में हम रिपोर्ट दर्ज कराएँगे। नामजद रिपोर्ट, साक्षी के परिवार वालों के खिलाफ।

मैं सोच ही रहा था कि विवेक बोल पड़ा.. ''कोई नहीं बचना चाहिए!'' शायद उसने मेरे मन की आवाज को पढ़ लिया था कि रिपोर्ट दर्ज करानी है।

''जिसने भी ये सब किया है, उसे सजा मिलनी चाहिए। अब तक मैं चुप था, क्योंकि मुझे साक्षी के वापस लौटने की उम्मीद थी, लेकिन अब और बर्दाश्त नहीं करने वाला हूँ।'' इतना कहकर विवेक पीछे की ओर लेट गया। कंधे की इंजरी का दर्द अब दिल के दर्द के आगे फीका पड़ रहा था।

मैंने उसका हाथ पकड़ा और आश्वासन दिया... ''कोई नहीं बचेगा; मैं बात करूँगा पुलिस से.... हम हत्यारों को सजा दिलवाकर ही रहेंगे।''

दो घंटे में पता नहीं विवेक में कहाँ से हिम्मत आ गयी। हम बस एक ही चर्चा कर रहे थे कि अपराधियों को कैसे सजा दिलायी जाय। विवेक की आँखों और बातों में गुस्सा साफ नजर आ रहा था। कभी बोलने लगता तो कभी चुप होकर बैठ जाता। पुलिस का एक जवान घटना के बाद से ही कमरे के बाहर तैनात था। सुबह करीब पाँच बज रहे होंगे; जब मैं कमरे के बाहर देखने गया तो वह मुस्तैदी से ड्यूटी कर रहा था, फोन में कुछ कर रहा था। मैंने उस पुलिसवाले को अंदर बुलाया। वह सामने पड़ी बेंच पर आकर बैठ गया।

विवेक ने नजरें गड़ाकर पुलिसवाले को देखा.. ''वो ऑनर किलिंग था... उसे मारा गया था, मुझे अगवा कर गोली मारी गयी थी, लेकिन मैं बच गया था; मैं अपने बयान देना चाहता हूँ, मुझे बागपत में गोली मारकर फेंक दिया गया था।''

पुलिसवाले ने हैरानी से पूछा... ''मतलब आपको पता है कि आपके ऊपर हमला किसने किया था?''

''हाँ मुझे पता है, साक्षी के परिवार वालों ने मुझ पर हमला किया था।'' विवेक ने उत्तर दिया

विवेक ने उस पुलिसवाले को संक्षेप में सब बता दिया... ''साक्षी मेरी दोस्त थी.. उसके घरवाले नहीं चाहते थे कि वो मुझसे मिले.. उस दिन मैं साक्षी से मिलने के लिए ही गया था, वहीं से मुझे अगवा करने का प्रयास किया और गोली मारकर बागपत फेंक दिया गया। उसी दिन शाम को साक्षी की हत्या करके उसका अंतिम संस्कार भी कर दिया गया।''

पुलिसवाला विवेक का बयान सुनकर हैरान सा रह गया और मोबाइल फोन निकालकर उसकी रिकार्डिंग करने लगा... शायद बयान रिकार्ड कर रहा था। पुलिसवाले ने साक्षी का मोबाइल नंबर पूछा और मैंने नंबर देखने के लिए अपना फोन निकाला ही था कि विवेक ने मुँहजबानी दस अंक का नंबर पुलिसवाले को लिखवा दिया। ये वही नंबर था, जिस पर दोनों की अक्सर बातें हुआ करती थीं। उस नंबर को विवेक कैसे भूल सकता था।

पुलिसवाले ने फोन निकाला... शायद थाने में किसी को फोन मिलाया होगा.. ''सर, ये हाई प्रोफाइल केस बन रहा है; मामला दबाना मुश्किल हो जाएगा, सुबह से पहले ही गिरफ्तारी हो जाए तो बेहतर होगा।'' फोन पर उधर से किसी ने हाँ में हाँ मिलाई होगी, तभी तो उसने कहा कि ''हाँ, ये हत्या और अपहरण का केस बनता नजर आ रहा है।'' इतना कहकर पुलिसवाले ने साक्षी और विवेक का मोबाइल नंबर दूसरी ओर बात कर रहे व्यक्ति को नोट करा दिया। सर्विलांस पर उन नंबरों की लोकेशन और कॉलिंग डिटेल निकलवाने की बात कहकर उसने फोन काट दिया।

हमने पूछा... ''क्या होगा अब... कब तक गिरफ्तारी हो जाएगी ?''

उस वर्दीधारी ने हमारी ओर देखा.. ''पत्रकारों का केस नहीं बनेगा तो फिर किसका केस बनेगा; आप तो हमारी नाक में दम कर देंगे। आपके बयान हमने दर्ज कर लिये हैं, उम्मीद है सुबह से पहले गिरफ्तारी हो जाएगी।''

'अच्छा'

''बड़े अधिकारी तय करेंगे कि कितनी बड़ी टीम भेजनी है, उसी के आधार पर कार्रवाई की जाएगी; कोई नहीं बचेगा।'' इतना कहकर पुलिसवाला उस कमरे से बाहर जा चुका था।

कुछ ही समय बाद मौसा जी भी वहाँ आ गये। उन्होंने रात भर सोकर अपनी अनचाही ड्यूटी पूरी कर ली थी। रिश्तेदारी में शर्म हुजूरी के लिए वो रात भर वहाँ अस्पताल में रुके थे... थैला उठाकर वो भी अपने घर के लिए निकल पड़े।

विवेक और मैंने तय किया कि जब तक किसी की गिरफ्तारी नहीं हो जाती है, हम किसी के साथ कुछ भी शेयर नहीं करेंगे। दोनों जैसे खुद को दोषी ठहरा रहे थे। काश मैं उस दिन उससे मिलने के लिए न आता तो शायद उसकी जान बच जाती.... जैसे सवाल विवेक के दिमाग में उमड़ रहे थे। मेरे दिमाग में भी बस एक ही सवाल घूम रहा था कि काश मैंने भी समय से उस दिन साक्षी का मैसेज देखा होता तो शायद वो जिंदा बच जाती। ये कुछ कुछ अनचाहे सवाल थे, लेकिन दिमाग से जाने का नाम ही नहीं ले रहे थे। खैर अब इन सवालों का कोई मतलब भी नहीं रह गया था।

मैं अपनी चौबीस साल की जिंदगी में पहली बार पूरी रात नहीं सो पाया था। विवेक कुछ सोचते हुए बोलने लगा ''उस दिन जब वो साक्षी को अपने साथ लेकर गये थे तो मुझे कुछ अनहोनी की आशंका तो लग रही थी, लेकिन ये अंदाजा नहीं था वो हैवान शैतान अपनी बेटी की हत्या भी कर सकते हैं। मुझे उसके लौटने की उम्मीद थी, इसलिए सब कुछ सहकर भी मैं शांत था; अब शांत रह पाना मेरे लिए मुश्किल है, सभी को सजा दिलाकर रहूँगा।'' इतना कहकर विवेक फिर रुआँसा होकर मुझे देखने लगा। शायद इस उम्मीद के साथ देख रहा था कि मैं उसका साथ दूँ उसकी अनचाही और अनूठी लड़ाई में। खैर हमने भी तय कर लिया था कि अब ये लड़ाई मुकाम पर जाकर ही खत्म होगी।

* * *

सुबह आठ बजे का वक्त था। नाईट शिफ्ट पुलिसकर्मी की ड्यूटी खत्म हो गयी थी। तभी वहाँ चार पुलिसकर्मी और आ गये, कमरे की सुरक्षा बढ़ा दी गयी थी। ड्यूटी दे चुका एक पुलिसकर्मी सामने वाली गैलरी में जाने से पहले हमारी ओर मुड़ा और बताने लगा... ''पुलिस की तीन टीमें दबिश के लिए छह बजे ही रवाना हो गयी थीं, अब तक तो गिरफ्तारी भी हो गयी होगी।''

वो पुलिसवाला कमरे के सामने बनी उस तिरछी गली में जाकर कहीं गुम हो गया। हमें अपना मोबाइल नंबर दे गया, ताकि हम केस से संबंधित जानकारी ले सकें। सुबह की पहली मीटिंग में ही वो काफी घुलमिल सा गया था, शायद इसी वजह से अपने अंदाज में काम कर रहा था।

समय जैसे रुक सा गया था। विवेक उन गम के पलों को जी लेना चाहता था, जिनमें शायद साक्षी की आखिरी यादें थीं। काफी देर तक वो उन यादों में विचरण करता रहा। सुबह डॉक्टर, गोली लगने से घायल विवेक के जख्मों का जायजा लेने के लिए आए। एक-एक कर पट्टी खोलते रहे और बदलते रहे, लेकिन उसे उस जख्म से होने वाले दर्द का अहसास ही नहीं हुआ, क्योंकि उससे भी बड़ा दर्द दो दिन पहले ही तो उसे मिला था। डॉक्टर बस यह बोलकर चले गये कि पहले से सेहत में सुधार है... कुछ दिन और अस्पताल में रहना पड़ेगा। प्रियंका, विवेक के सामने स्टूल पर बैठकर गाँव के, परिवार के, रिश्तेदारी के किस्से सुना रही थी; कभी-कभी तो धारावाहिकों की बात भी कर रही थी। विवेक अपनी सोच में डूबा हुआ बस हाँ में हाँ में मिलाता रहा।

कुछ ही समय में पूछताछ करने के लिए तीन स्टार वाला एक अधेड़ उम्र का पुलिसकर्मी उस कमरे में दाखिल हुआ। बाकी दो पुलिसवाले जिनके पास कोई स्टार नहीं था, उस अफसर के सम्मान में खड़े रहे। इंस्पेक्टर साहब सामने पड़ी बेंच पर जाकर बैठ गये। इंस्पेक्टर साहब ने अपनी डायरी निकाली और बिना देखे पढ़ते हुए बोले... ''विवेक चौधरी तुम्ही हो?''

विवेक ने हाँ में सिर हिला दिया.... जैसे कहना चाह रहा हो कि मैं ही वो बदनसीब हूँ, जिसने दो दिन पहले अपना सब कुछ गँवा दिया है...

इतने में ताऊ जी भी कमरे में आ गये। इंस्पेक्टर साहब इस बात से अंजान थे कि अभी-अभी कमरे में दाखिल हुआ शख्स विवेक के ताऊ जी हैं। इंस्पेक्टर साहब ने पन्ना पलटा... ''मनवीर नागर, सोनू नागर और कुलदीप नागर की गिरफ्तारी हो चुकी है; बंटी नागर और सतीश गुर्जर अभी फरार है, जल्द ही उनकी भी गिरफ्तारी हो जाएगी...''

इतने में ताऊजी बोल पड़े ''किन्हें गिरफ्तार किया आपने! वैसे हमला क्यों किया था विवेक पर?''

इंस्पेक्टर साहब ताऊ जी की ओर घूमे.. ''साक्षी नागर की हत्या कर दी गयी, विवेक को भी मारने की प्लानिंग थी, खुदा का शुक्र है कि वो बच

गया।’’

ये शब्द कानों में तीर की तरह चुभे। शायद इंस्पेक्टर साहब ने साक्षी की मौत पर सरकारी मुहर का ठप्पा लगा दिया था। विवेक एकटक बस इंस्पेक्टर के मुँह को देखता रह गया। मैं बारी बारी से ताऊ जी, चाची जी और प्रियंका के चेहरे के भाव पढ़ता रहा। वो अभी अंजान थे कि ये साक्षी नागर कौन थी। विवेक ने माँ से नजर चुराकर गर्दन नीचे झुका ली, मानों जैसे कोई गुनाह कर दिया हो और चाची के हाव-भाव तो ऐसे थे जैसे बिना कुछ बताए सब समझ गयी हों।

इंस्पेक्टर साहब की ओर देखते हुए चाची के मुँह से बस एक ही शब्द निकला... ‘‘साक्षी नागर...’’

इंस्पेक्टर साहब चाची जी की ओर देखे बिना बोले.. ‘‘साक्षी नागर, जिससे विवेक प्यार करता था.. उसी के भाइयों ने विवेक को गोली मारी और साक्षी की भी हत्या कर दी थी।’’

चाची सोच में पड़ गयीं.. ‘‘आपसे किसने कहा कि दोनों के बीच कुछ चल रहा था?’’

चाची के इस सवाल पर इंस्पेक्टर साहब कहाँ चुप बैठने वाले थे.. विवेक की ओर देखते हुए बोले.. ‘‘विवेक ने ही ये बयान दिया है कि दोनों एक दूसरे से प्यार करते थे, लखनऊ में दोनों साथ नौकरी करते थे। उस दिन साक्षी से मिलने के लिए ही विवेक आया था, वहीं से उसका अपहरण हुआ और गोली मारकर फेंक दिया गया। उसी दिन साक्षी की घर पर ही हत्या कर दी गयी और अंतिम संस्कार भी कर दिया गया.. अगर ये नहीं बचता तो शायद केस कभी नहीं खुल पाता।’’

पुलिसवाला जैसे-जैसे केस की कलई खोलता जा रहा था, वैसे-वैसे विवेक की नजरें झुकती जा रही थीं। परिवार के लोगों को भरोसा ही नहीं हो पा रहा था कि दोनों के बीच कुछ चल रहा होगा। अब छिपाने के लिए कुछ नहीं बचा था। उस टूट चुके रिश्ते की हर कलई परिवार के सामने खुल चुकी थी।

इतने में ताऊ जी ने विवेक की ओर देखा.. ''किसी की बेटी के साथ दोस्ती करना ठीक काम न है.. लखनऊ में ये ही गुलछर्रे उड़ाने के लिए गया था... वैसे इंस्पेक्टर साहब, किस किसके नाम लिखवाएँ हैं इस छोरे ने?''

इंस्पेक्टर साहब को कुछ याद नहीं था और फिर वही डायरी खोली और पन्ना पलटने लगे... ''मनवीर नागर, सोनू नागर, बंटी नागर, कुलदीप नागर और सतीश गुर्जर के नाम लिखवाएँ हैं। मनवीर नागर, सोनू नागर और कुलदीप नागर की गिरफ्तारी हो चुकी है, बंटी नागर और सतीश गुर्जर अभी फरार हैं, पुलिस उन्हें गिरफ्तार करने का प्रयास कर रही है।''

'अच्छा।' ताऊ जी ने कहा था

ताऊ जी की बात काटते हुए इंस्पेक्टर साहब ने बाहर खड़े पुलिसवालों की तरफ इशारा किया.. ''कमरे की सुरक्षा बढ़ा दी गयी है, चारों पुलिसवाले चौबीस घंटे कमरे की सुरक्षा में तैनात रहेंगे।'' इतना कहकर इंस्पेक्टर साहब कमरे से बाहर निकल गये।''

विवेक गर्दन झुकाए बैठा रहा। चाची उसे एकटक देखे जा रही थी, जैसे उसने कितना बड़ा अपराध कर दिया हो। मैं उनकी आँखों में एक ड़र साफ पढ़ पा रहा था कि अगर विवेक पर फिर किसी ने हमला कर दिया तो क्या होगा... लेकिन बेटे की हालत देखकर चुप रही। माँ, बेटे की सलामती की चिंता कर रही थी, लेकिन एक तंज उन्होंने भी कस दिया... ''छोरी का चक्कर ऐसा ही होता है।''

एक हफ्ते बाद।

वक्त के साथ जैसे विवेक की सूरत भी बदल गयी हो। समय को बदलना ही था। अस्पताल में ही विवेक के आठ दिन बीत चुके थे। अब वो मुस्कुराता भी था और खामोश भी रहता था। शायद समय का मरहम उसके गहरे जख्मों को धीरे-धीरे भर रहा था। अस्पताल में ही कभी हम लखनऊ का किस्सा छेड़ देते तो कभी गाँव का। कुछ अच्छी-बुरी यादों के साथ समय

का पहिया अपनी गति से घूमने लगा। पैर में गोली लगी थी तो मोटी पट्टी बँधी थी। विवेक कभी बाहर तो नहीं जाता था, लेकिन पलँग पर पैर लटकाकर जरूर बैठ जाता था। उस दिन रात को करीब बारह बज रहे होंगे। उसने मुझसे पेन माँगा और दवाई के पर्चे के पीछे कुछ लिखने लगा। उसे डायरी लिखने का शौक था, लेकिन अस्पताल में उसकी हमसफर वो डायरी कहाँ से आती।

मैं सामने पड़ी बेंच पर बैठकर मोबाइल में गेम खेलता रहा, लेकिन नजर बचाकर बस उसी को देखता रहा। दवाई के पर्चे के पीछे चंद लाइनें लिखने के बाद, उस पर्चे को तकिये के नीचे रखकर सो गया। मुझे ये जानने की उत्सुकता थी कि उस पर्चे पर क्या लिखा है। उसके सोने के बाद मैंने वो पर्चा उठाया और पढ़ा तो उस पर एक कविता लिखी थी.. कविता का हर शब्द उस अधूरे रिश्ते की अधूरी दास्तां को बयां कर रहा था।

(छोड़ चले इन गलियों को)

इन गलियों से गुजरे थे हम,
साथ कभी हम रहते थे।
इन गलियों को याद करो तुम,
हम तुम कैसे जीते थे।
इतनी कायर तो तुम भी न थी,
मौत से फिर क्यूँ हार गयी।
छोड़ गयी इस दुनिया को तुम,
सबसे क्यूँ नाता तोड़ गयी।
इक दूजे की खातिर क्यों हम,
अलग नहीं हो सकते थे।
छोड़ चले इन गलियों को अब,
जहाँ याद तुम्हारी रहती है।

भूल भुलैया चिड़ियाघर सब,

उनकी यादों में जिंदा हो।
पिज्जा बर्गर और ठेले सब,
मुझको खूब चिढ़ाते हैं।
सच पूछो तो लखनऊ भी अब,
वीराना सा लगता है।
नवाबों का ये शहर भी अब तो,
शमशान घाट सा लगता है।
शहर चौक का कपड़ा भी अब,
उस फैशन की याद दिलाता है।
छोड़ चले इन गलियों को अब,
जहाँ याद तुम्हारी रहती है।

ये कविता उन पलों को समझने के लिए काफी थी, जो दोनों ने साथ बिताए थे। कविता पढ़कर मेरी आँखों के आगे एक अजीब सा दृश्य आने लगा.. वो सब कुछ अब बदल सा गया था।

समझौता

दस दिन बाद विवेक को अस्पताल से छुट्टी मिल गयी। अस्पताल से चलते समय दवाइयों की एक बड़ी सी पोटली हमें थमा दी गयी। कुछ ही घंटों में हम विवेक के गाँव पहुँच गये। मैं आपको बता दूँ कि विवेक का घर बहुत बड़ा था, जैसे आमतौर पर गाँव में घर होते हैं। उस जगह में बाहर घेर बना था और पीछे की ओर घर बना था। घर के आगे बने घेर में भैंस बँधी थी, एक बुग्गी खड़ी थी और बैठक में एक बड़ा सा कमरा था.. इसी कमरे में गाँव की पंचायत होती थी। विवेक के बाबा जी गाँव के सरपंच थे। घेर में गाँव के कुछ लोग बैठे हुए हुक्का गुड़गुड़ा रहे थे।

पैर में पट्टी बँधी थी, इसलिए वह धीरे-धीरे चल रहा था। घेर में बैठे बाबा जी ने विवेक से सिर्फ इतना पूछा.. ''ठीक है लाला...'' और फिर हुक्का गुड़गुड़ाने में व्यस्त हो गये। देखते ही देखते पूरा घर, गाँव की महिलाओं से भर गया। महिलाएँ घर में आ रही थीं और बारी-बारी से विवेक के सिर पर हाथ फेरकर बलैयाँ ले रही थीं.. लंबी उम्र के करोड़ों के आशीर्वाद कुछ ही समय में मिल गये थे। शाम तक लोगों के आने-जाने का सिलसिला चलता रहा। हर कोई उस आने वाले खतरे से अंजान सा था.. कि किस्मत फिर पलटी मारने वाली है। फिर मैं भी अपने घर की ओर चल

दिया। मेरा घर विवेक के घर से डेढ़ किलोमीटर की दूरी पर बराबर वाले गाँव में था।

उस दिन शाम का समय था। विवेक के बाबा जी भी खाना खाने के लिए घर के अंदर आ गये। गाँव में अक्सर घर की महिलाएँ घर के अंदर रहती हैं और बड़े बुजुर्ग घेर में डेरा जमाए रखते हैं। बाबा जी और विवेक बराबर वाली खाट पर बैठकर खाना खा रहे थे। अभी थाली का खाना खत्म भी नहीं हुआ था कि बाबा जी बोल पड़े.. ''तेरे से एक जरूरी बात करनी है, सबके सामने न हो सकै है.. चल घेर में चल, वहाँ बात करेंगे।'' इतना कहकर बाबा जी अपनी जूठी प्लेट खाट पर छोड़कर घेर में पड़ी खाट पर जाकर बैठ गये।

विवेक, बाबा जी के बराबर में पड़ी खाट पर जाकर बैठ गया। बाबा जी ने हुक्का गुड़गुड़ाते हुए अपनी बात शुरू की.. ''मुझे तेरे ताऊ ओमपाल ने बताया कि छोरी का चक्कर था जो तुझे गोली मारी गयी थी; छोरी का चक्कर तो अच्छा न होता, घर की इज्जत बचाने की खातर लोग क्या न करैं.. भैया यो काम न होना चाहिए।''

विवेक शांत बैठकर बाबाजी की खाट के नीचे पड़ी जूतियों को देखता रहा... जैसे उन जूतियों को भी बाबाजी के पूछे सवालों का जवाब दे रहा हो।

मुँह से बस एक शब्द 'हूँ...' निकला और फिर जूतियों पर ही नजरें गड़ा ली।

बाबा जी ने अपनी बात आगे बढ़ाते हुए कहा... ''छोरियों के चक्कर में घर के घर बर्बाद हो जाते हैं। हमने तो तुझे यो परवरिश न दी थी, फिर तेरे में ये संस्कार कहाँ से आ गये... तू भूल जा उस लड़की को, हम तेरे लिए कहीं से बढ़िया सी पढ़ी लिखी छोरी का रिश्ता ढूँढ़कर लावेंगे।''

बाबा जी की बात का विवेक के पास कोई जवाब नहीं था। सोच रहा था कि अब शादी क्या होगी, अब तो बस समझौता ही होगा। बस बाबा जी की बातों को शांति से सुनने के अलावा कोई विकल्प भी न था और न ही बाबा जी के बढ़िया सी छोरी का ही मतलब समझ पाया।

बाबा जी इतने में बोल पड़े ''कल गाँव में एक पंचायत बुलायी गयी है..''

विवेक ने बाबा जी की ओर देखे बिना कहा.. 'पंचायत?'

''हाँ तेरे चक्कर में पंचायत बुलानी पड़ रही है।''

''मेरे चक्कर में पंचायत क्यों बुलानी पड़ रही है?''

''तूने ऐसा कांड जो कर दिया है... पूरे गाँव में हमारी थू थू हो रही है, मुखिया के पोते ने यो क्या काम कर दिया।''

विवेक शांत रहा, क्योंकि उसके पास बाबा जी को कहने के लिए कोई शब्द नहीं थे। बाबा जी ने फिर साक्षी का नाम दोहराने की कोशिश की.. ''अरे वो जो लड़की... जो मर गयी थी... तेरे से ही पूछ रहा हूँ।''

इस सवाल का विवेक के पास कोई जवाब नहीं था, वो चुपचाप गर्दन झुकाए बैठा रहा। वो बाबा जी और पंचायत की बातों को समझ ही नहीं पा रहा था कि बाबा जी पंचायत क्यों कर रहे हैं। विवेक, बाबा जी की शर्म कर रहा था। गाँव में आज भी रिश्तों में बहुत शर्म होती है।

''मैं यो कह रहा था कि कल उस लड़की के गाँव से कुछ लोग आए थे, उन्हें किसी ने बता दिया था कि उनका समाधान मैं ही कर सकूँ हूँ। इस गाँव का पंचायत का मुखिया जो हूँ... वो समझौता करना चाह रहे थे। हमारे गाँव में पंचायत के जितने भी आदमी हैं, सभी से बारे में चर्चा हुई है, सारे गाँव में सलाह करने के बाद ही पंचायत बुलायी गयी है।'' बाबा जी समझौते का तरीका विवेक को समझाने में लगे थे।

इतना सुनकर विवेक की त्यौरियाँ चढ़ गयीं, लहजा तल्खी में तब्दील हो गया.. ''कैसा समझौता कराना चाह रहे हैं आप?''

''देख, उनके गाँव से भी आठ-दस लोग आएँगे और हमारे गाँव के भी बीस-तीस जिम्मेदार लोग पंचायत में बैठेंगे; कल सुबह यहीं घर में पंचायत होगी कि उसके भाइयों को जेल से वापस कैसे जाएगा। दो दिन पहले ही उस लड़की का चाचा आया था... वो ही, जो लड़की मर गयी थी।''

जिसकी हत्या हुई थी, बाबा जी उसे मरने का नाम दे रहे थे, जैसे वो खुद मरी हो। इतना सुनकर विवेक तिलमिला उठा। विवेक सोच ही रहा था कि बाबा जी ने अपनी बात फिर आगे बढ़ा दी... "जो छोरी अपने घर परिवार का नाम गंदा करै है, उसके साथ तो ऐसा ही होना चाहिए, ऐसी छोरी को तो पैदा होते ही गला घोंटकर मार देना चाहिए।"

"क्यूँ मार देना चाहिए, क्या वो बेटी नहीं थी... बेटी है तो ऐसे मार देंगे वो लोग!" विवेक अपनी दलील में बस इतना ही कह सका, बाबा जी के सामने बचपन से अब तक वो कभी ऊँची आवाज में बोला भी न था।

"ये फालतू की बात मुझे नहीं सुननी हैं.. एक बार कह दिया कि समझौता होना है, तो समझौता होगा, मुझे किसी से न सुनने की आदत न है। पूरी बिरादरी में इज्जत का सवाल है। आसपास के गाँवों की जाट बिरादरी क्या कहेगी कि सरपंच ने अपने पोते को यो गलत काम करने की इजाजत दे दी। सारा गाँव म्हारे पर थूक रहा है। कल ग्यारह बजे घेर में पंचायत है तो पंचायत है, इससे ज्यादा मुझे कोई बात न सुननी अब।" बाबा जी अपने पंचायत के फैसले पर अड़े रहे।"

बाबा जी की बात सुनकर विवेक भड़क गया.. "आपने बुलायी होगी पंचायत, मैंने नहीं बुलायी है; मुझे पंचायत से कोई लेना-देना नहीं है... अदालत अपना काम कर रही है, पंचायत को अपना काम करना है तो पंचायत अपने काम करती रहे।"

बाबा जी को ये बात हजम न हुई कि अदालत अपना काम करेगी; उनके लिए तो पंचायत ही अदालत थी। पंचायत का फैसला मतलब... आखिरी फैसला... "म्हारे से बुरा कोई न होगा, अगर तूने टाँग अड़ाई तो; गाँव में जाट बिरादरी के सम्मान की खातिर फैसला होना जरूरी है... गाँव वालों ने भी यो ही तय किया है पंचायत में ही मामले को सुलझा लेंगे।"

"क्या फैसला सुनाएगी आपकी पंचायत?"

बाबा जी दो बार हुक्के को गुड़गुड़ाते हुए बोले.. "हम बिरादरी वालों ने फैसला कर लिया है, साक्षी के घरवाले हमें तीन लाख रुपये और अस्पताल में हुआ पूरा खर्चा भी देंगे; बदले में हमें यो केस वापस लेना

पड़ेगा। दोनों गाँवों के पंचों में बात हो गयी है, कल पंचायत में वे हमें पैसे देंगे और हम यो केस उल्टा ले लेंगे, कोई गवाही न देगा।''

विवेक गहरी साँस लेते हुए सोच में पड़ गया कि अपराधियों को सजा दिलाने के लिए उसे अपने घरवालों से ही लड़ना पड़ेगा। अब बाबा जी ही केस में रोड़ा बन रहे हैं। जिन अपराधियों को सजा दिलाने के लिए विवेक लड़ाई लड़ रहा था, उस पंचायत ने साक्षी की मौत की कीमत लगा दी थी। जिस लड़ाई को उसने शुरूआती दौर में जीत सा लिया था, बाबा जी उस लड़ाई को हरवाने में लगे थे। चंद रुपयों और झूठी मान-मर्यादा की खातिर केस वापस लेने का दबाव बना रहे थे। अब उसकी हिम्मत जवाब दे गयी। ''मुझे आपकी पंचायत का फैसला कतई मंजूर नहीं है; कोई फैसला पंचायत में नहीं होगा, मैं केस वापस नहीं लूँगा, आप चाहे कुछ भी कर लो... कोई भी पंचायत, कोई भी फैसला अब मुझे पीछे नहीं हटा सकता है।''

बाबा जी को ये फैसला कतई अच्छा नहीं लगा। गुस्से में तमतमा उठे, दिमाग में बस एक ही सवाल था कि क्या जवाब देंगे पंचायत में।

''आप कल की पंचायत मत बुलाओ; कैसे इंसान हैं आप... एक लड़की जो मर गयी है, आप उसकी मौत की कीमत लगा रहे हैं... आपको फैसला करने का कोई हक नहीं है...''

बाबा जी पिछले बीस सालों से उस गाँव की पंचायत के मुखिया जो थे, उन्हें ये बात नागवार गुजरी। तभी विवेक के ताऊ जी भी वहाँ आकर बैठ गये। वो भी बाबा जी की हाँ में हाँ मिलाने लगे कि फैसला पंचायत को ही करना है।

गोली के जख्म अभी भरे भी नहीं थे; एक लड़ाई, जिसे जीतने के लिए उसके पास पर्याप्त सुबूत भी थे, उस लड़ाई को वो हारने लगा था। सामने एक कठिन परिस्थिति थी, कि बाबा जी का विरोध करे या साक्षी की लड़ाई हार जाए। गुस्से में मुट्ठी भींच ली और नजर फिर बाबा जी की खाट के नीच कढ़ी जूतियों पर जाकर टिक गयी।

बाबा जी का पारा चढ़ने लगा... ''तूने हमारे परिवार का नाम मिट्टी में मिला दिया है, गाँव में क्या मुँह दिखाएँगे! वो लड़की तो मरनी ही चाहिए

थी।''

''किस इज्जत की खातिर बात कर रहे हैं आप; उस इज्जत की खातिर बात कर रहे हैं, जिस इज्जत की खातिर आपने बुआ जी की हत्या कर दी थी। बुआ भी तो आपकी ही बेटी थी, बचपन से सुनता आ रहा हूँ आपकी बहादुरी के किस्से... उस समय कहाँ गयी थी आपकी आपकी इज्जत, आप तो पंचायत के मुखिया बनते हैं, पंचायत का मुखिया तो हत्यारा नहीं होता है।''

बाबा जी जोर से चिल्लाए... ''ज्यादा जबान मत चला!''

''मैं जानता हूँ कि बुआजी को आपने क्यों मारा था। उस दिन पापा, आपने और ताऊजी ने मिलकर मारा था बुआजी को। उस समय मैं छोटा था, लेकिन आज भी मुझे याद है कि उस दिन क्या हुआ था। उस दिन घर के सब लोग चौक में खड़े थे और बुआ खुद को बचाने के लिए इधर-उधर भाग रही थी; आपने ही तो उस दिन उनको गला घोंटकर मारा था...'' उसने वर्षों पहले उस घर में हुई बुआ की मौत का किस्सा फिर से उठा दिया।

''खामोश! अगर अब एक भी लफ्ज बाहर आया तो मुझसे बुरा कोई नहीं होगा।''

''कितनी बेरहमी से उस दिन आपने बुआ को पीटा था.. आप क्या समझेंगे किसी के दर्द को; जो अपनी बेटी की जान की कीमत न समझ पाया वो दूसरे की बेटी की जान की कीमत क्या समझेगा!''

''बस बहुत हो गया... अगर कुछ बोला तो मुझसे बुरा कोई नहीं होगा।'' बाबा जी फिर जोर से चिल्लाए।

उसके हाव-भाव में अपनी बुआ की मौत का दर्द छलक उठा। बचपन से अब तक का गुस्सा गुबार बनकर फूट रहा था... ''उस समय क्या हुआ था, मुझे सब याद है... अगर किसी ने उस समय विरोध किया होता तो शायद आज आप ये न कह रहे होते; क्या मिला था बुआ को मारकर आप लोगों को?''

'बस!' कहकर बाबा जी ने विवेक की ओर चुप होने का इशारा किया।

बुआ की मौत वाले दिन को याद करते हुए बोला ''सच सुनने की हिम्मत नहीं है आपमें। बुआ का गुनाह बस इतना था कि वो उस दिन गाँव के ही एक लड़के के साथ साइकिल से वापस आयी थीं और आपको उनका मिलना-जुलना पसंद नहीं था... आपने मारा था उन्हें.... उस दिन गला घोंटकर मारा था उन्हें और उसी दिन रात को ही उनका अंतिम संस्कार भी कर दिया था।''

हर लफ्ज के साथ विवेक का गुस्सा फूटता गया.. दिल में छिपे वो राज जो आज तक अंजान थे, वो शोला बनकर फूट रहे थे। लेकिन बाबा जी को तो अपने किये पर कोई पछतावा ही न था। वो तो बस पंचायत और जाट बिरादरी में मान-मर्यादा की रट लगाए हुए थे। बाबा जी विवेक का चेहरा देखे जा रहे थे, लेकिन चेहरे पर परिवार में वर्षों पहले हुई उस हत्या को लेकर जरा भी शिकन नहीं थी।

बाबा जी और ताऊ जी की ओर देखते हुए कहने लगा... ''उस दिन आपने सिर्फ अपने बेटी को नहीं खोया था; बड़ी बुआ ने छोटी बहन को खोया था और मैंने अपनी बुआ को खोया था। किसी में हिम्मत नहीं की आपका विरोध करने की, बस अम्मा ने उस दिन विरोध किया था। अगर सबने विरोध किया होता तो शायद आज मेरी बुआ जी जिंदा होतीं।''

''छोरा, बहुत हो गया...'' इतना कहकर बाबा जी इधर-उधर देखने लगे। विवेक के इन सवालों का उनके पास कोई जवाब ही नहीं था।

''बाबा जी, मेरी नजर में ये तानाशाही है तानाशाही.. मैं अब इसे कतई बर्दाश्त नहीं करने वाला और आपसे भी कह देता हूँ कि पंचायत बुलाओ, या मत बुलाओ लेकिन मैं ये केस वापस नहीं लूँगा।'' विवेक इतना बोलकर पैर घसीटता हुआ घर की ओर चल दिया।

बाबा जी खामोशी से वो सब सुनते रहे। बुआ की मौत का जवाब न तो बाबा जी के पास था और न ही ताऊ जी के पास था। लेकिन वो अब भी आपस में बात करते हुए वर्षों पहले हुई उस हत्या को सही ठहरा रहे थे।

घर के अंदर आकर विवेक पुरानी यादों में डूबता चला गया। रह रहकर वर्षों पहले घटित हुई उस घटना के दृश्य सामने आने लगे, जिसे उस

परिवार ने भुला सा दिया था। विवेक के दिमाग में उस दिन के खौफनाक दृश्य घूमने लगे.. जब बुआ चौक में खड़ी होकर अपनी सफाई में कह रही थीं कि वो राजवीर की दोस्त हैं बस। बाबा जी को तो अपनी बेटी पर भरोसा ही नहीं था। बाबा जी तो बाबा जी, पापा जी और ताऊ जी भी तो बुआ की बातों पर भरोसा नहीं कर पा रहे थे। बस एक दादी ही थीं जो बुआ के साथ खड़ी थीं। किसी को उन पर तरस नहीं आया था... भरे चौक में गला दबाकर हत्या कर दी गयी थी।

विवेक सोच में पड़ गया कि साक्षी को भी ऐसे ही मारा होगा उसके घरवालों ने, जैसे मेरे घरवालों ने बुआ को मारा था। साक्षी भी जान बचाने के लिए इधर-उधर भागी होगी। ये कैसे अनचाहे सवाल थे.. बल्कि खुद सवाल बनकर सवाल खड़ा कर रहे थे हमारी तथाकथित सामाजिक व्यवस्था पर।

अब दिमाग में बस एक ही सवाल था कि सुबह पंचायत में क्या करना है। रात में करीब ग्यारह बजे उसका फोन आया और मुँह से बस यही निकला.. ''सब बेकार हो गया नीरज भाई; बाबा जी कह रहे हैं कि मैं ये केस वापस ले लूँ.. उसने एक एक कर उस शाम घटी घटनाओं को बताया। मैंने उसे समझाने का प्रयास किया कि हम केस वापस नहीं लेने वाले हैं; पंचायत में अपना पक्ष रखेंगे।''

पीछे से आ रही कुछ आवाजों के बीच उसने अपना फोन रख दिया।

मौत की कीमत

रात कहाँ ठहरने वाली थी। विवेक खाट पर बैठा उस अनचाही सुबह का इंतजार कर रहा था। आधी रात हो चुकी थी। उस घनी अँधेरी रात में आवाज दूर दूर से आ रही थी। गीदड़ रो रहे थे। गीदड़ों के रोने की आवाजें शरीर में अजीब सी सिहरन पैदा कर रही थीं... इंसानी भाषा से अंजान ये बेजुबान जानवर भी किसी अनहोनी में जी रहे थे। चौक में जल रही ढिबरी ही एकमात्र उम्मीद की किरण लग रही थी।

उस रोशनी में साक्षी का वो चेहरा भी सामने आ गया, जब उस दिन वो उसे लखनऊ बस अड्डे पर मिली थी। उस पंद्रह मिनट की मुलाकात को शायद जिंदगी में कभी न भुला पाऊँ। आखिरी दिन उसने साक्षी को गले लगाया था। साक्षी जब लखनऊ से अपने घर गयी थी, तो बोलकर गयी थी कि जल्दी मिलेंगे। आखिरी बार वो उसे अपनी जिंदगी के आखिरी दिन मिली थी, जब उसके भाइयों ने साक्षी को वहाँ से घर ले जाकर उसकी हत्या कर दी थी। शायद आखिरी बार शक्ल दिखाने और अलविदा कहने के लिए ही आयी थी।

फैसला विवेक को करना था कि वो क्या करे। एक तरफ मरी हुई दोस्त थी, तो दूसरी ओर जिंदा परिवार... जिसकी सोच मर चुकी थी। मन ही मन

दृढ़ता से फैसला कर चुका वो शख्स सुबह की पहली किरण का इंतजार कर रहा था। अभी ठीक से सूरज निकला भी न था कि सुबह सात बजते ही विवेक ने मेरे पास पंचायत से पहले घर पहुँचने के लिए फोन कर दिया। सामने चौक में पड़ी खाट पर मैं विवेक के बराबर में जाकर बैठ गया। मेरे घर पहुँचते ही विवेक धीरे से बोला.. ''आज पंचायत है; पूरा गाँव पंचायत में आएगा। साक्षी के घर से भी कुछ लोग पंचायत में आने वाले हैं। बाबा जी ने कहा है कि पंचायत में समझौता होगा।'' इन शब्दों को सुनकर मुझे बिल्कुल भी अच्छा नहीं लगा।

''नीरज भाई समझ में नहीं आ रहा है क्या करूँ...'' इतना कहकर विवेक चुप हो गया। सामने से चाची चाय लेकर आ रही थीं। वो नहीं चाहता था कि घरवालों को कुछ भी पता चले। चाची के जाने के बाद हमने कुछ देर चर्चा करने के बाद तय कर लिया कि हम किसी भी सूरत में ये केस वापस नहीं लेंगे। मैंने एक आधा-अधूरा सुझाव दिया... ''मैं पंचायत में वीडियो बना लूँगा... अगर पंचायत में झुकना भी पड़ा तो झुक जाएँगे, लेकिन अदालत में ये वीडियो हमारे काम आएगा।'' विवेक भी इस सुझाव से बेमन से सहमत हो गया।

हम घर में बैठे देख रहे थे कि घेर में पंचायत सजनी शुरू हो गयी। पूरे घेर में खाट बिछा दी गयी। बची जगहों पर कुर्सियाँ बिछ गयीं। लोग पंचायत का हिस्सा बनने के लिए समय से पहले ही आने शुरू हो गये। बाबा जी अपने कुछ बुजुर्ग साथियों के साथ पंचायत में बैठे हुक्का गुड़गुड़ा रहे थे। गाँव में आठ-दस लोग बैठे पता नहीं कहाँ कहाँ की चर्चा में लगे हुए थे.. शायद कुछ बिना पढ़े- लिखे लोग पंचायत में जज बनने चले आए थे। देखते ही देखते तीस-चालीस लोग पंचायत का हिस्सा बनने पहुँच गये.. लेकिन साक्षी के घर से अभी पंचायत में कोई नहीं आया था।

पंचायत में चल रही हंसी-ठिठौली, साक्षी की मौत का मजाक सा उड़ा रही थी। बाबा जी को देखकर गुस्सा भी आ रहा था। इतने में बाबा जी अपनी जगह से उठे और हमारी तरफ देखने लगे। हमारी खाट के सामने आकर खड़े हो गये। बड़े तल्ख लहजे में विवेक के कंधे पर हाथ रखकर चेतावनी दे गये ''जैसा कल तुझे समझाया था, वैसा करना है; अगर पंचायत

में कुछ भी बोला तो मुझसे बुरा कोई नहीं होगा।'' इतना कहकर बाबा जी फिर उसी पंचायत के मुखिया की कुर्सी पर जाकर विराजमान हो गए, वो मुखिया वाली कुर्सी सालों से उनके लिए रिजर्व थी।

इतने में दो गाड़ियाँ आकर गेट के सामने रुकीं। हमारा अंदाजा एकदम सही निकला। वो गाड़ियाँ साक्षी के घर से आयी थीं। एक गाड़ी पर गुर्जर ब्वॉय लिखा था। गाँव के जिम्मेदार लोगों ने हाथ जोड़कर उन हत्यारों का स्वागत किया, ये देखकर विवेक के तन बदन में आग लग गयी कि हत्यारों की इतनी खातिरदारी क्यों की जा रही है।

पंचायत की कार्यवाही शुरू हो गयी। इंसानियत को शर्मशार कर रही पंचायत की कार्यवाही आगे बढ़ रही थी। सभी के अपने-अपने तर्क थे। यहाँ अदालत का कोई नियम नहीं चलता, यहाँ तो बस फरमान चलते हैं तानाशाही के। उस वक्त पंचायत इंसानियत को शर्मशार कर रही थी। वीरपाल चौधरी, उम्र करीब सत्तर बरस रही होगी। वे अपनी जगह से पंचायत का फैसला सुनाने के लिए खड़े हो गये। हम थोड़ा नजदीक जाकर बैठ गये। मैंने वीडियो बनाने के लिए अपना फोन निकाल लिया।

वीरपाल चौधरी के हाथ में एक पर्चा था, जिसमें पंचायत का फैसला लिखा था, उसे पढ़ते हुए बोले... "हमारे गाँव की पंचायत ने तय किया है कि उस लाली (साक्षी) की हत्या, सामाजिक मान मर्यादा को बनाए रखने के लिए हुई थी.. इसलिए उसे हत्या नहीं माना जा सकता है; ऐसे अपराध तो समाज में क्षम्य होते हैं। हमने ये तय किया है ये केस वापस लिया जाएगा। अगर इस तरह की घटनाएँ समाज में होती हैं तो ये समाज के लिए एक मिसाल जैसा होता है। नागर जी (साक्षी) का परिवार बहुत अच्छा है, इनके लड़कों ने कभी कोई गलत काम न करा है।''

सामने बैठे नागर परिवार ने गर्दन हिलाकर सहमति दे दी। साक्षी के पापा और रिश्तेदार भी इस अंधी, गूँगी पंचायत का हिस्सा थे।

वीरपाल चौधरी ने पंचायत का फैसला सुनाते हुए कहा... ''पंचायत ने तय किया है कि हम ये केस वापस लेंगे; बदले में नागर जी हमें तीन लाख रुपये और इलाज का पूरा खर्चा देंगे।'' इतना कहते ही पंचायत में तालियाँ

बज उठीं। सभी ने तालियाँ बजाकर तालिबानी फरमान का समर्थन किया...’’ विवेक गर्दन झुकाए बस पंचायत की दलीलों को सुनता रहा.... कुछ बोलने की हिम्मत तो जुटाई, लेकिन मुट्ठी भींचकर रह गया।

अभी वीरपाल जी का फैसला पूरा नहीं हुआ था.. ‘‘पंचायत ने ये भी तय किया है कि इस तरह की घटनाएँ समाज में न हों, इस पर हमें ध्यान देना होगा; हमें अपनी छोरियों को पढ़ने के लिए शहर नहीं भेजना है, बाहर जाकै छोरियों के पंख निकल आते हैं, साक्षी के भी शहर जाकै पंख निकल आए थे।’’ विवेक एकटक बाबा जी को देख रहा था। शायद सोच रहा होगा कि बाबा जी ये आपने क्या कर दिया? लेकिन ये वाक्य सिर्फ जेहन में रहे, मुँह से कोई भी शब्द नहीं निकला।

वीरपाल चौधरी ने पंचायत के फैसले का पन्ना पलटा और पुस्त को पढ़ते हुए बोले... ‘‘चौधरी परिवार और नागर परिवार में अब कोई बैर नहीं है। पाँच लोगों का मुकदमें में नाम है, जिनमें तीन इनके बेटे, एक भतीजा और एक गाँव का लड़का है, जो जेल में है; हमें उन्हें बाहर लाना है। हमारी पंचायत के मुखिया अब कुछ कहना चाह रहे हैं...’’

अब साक्षी की मौत पर बेतुके बयान देने की बारी बाबा जी की थी... ‘‘पंचायत हमेशा से समाज के हक में फैसले करती रही है; आज का फैसला भी हमने समाज के हित में ही लिया है। अगर आज इस हमले में मेरा पोता भी मर जाता तो भी मुझे कोई मलाल न था, क्योंकि पहले समाज है, बाद में परिवार।’’

बाबा जी ने अपने पुराने काले चिट्ठे को बड़ी शान से गाँव के सामने खोल दिया... ‘‘मेरी बेटी ने भी यो काम करने की कोशिश करी थी.. मैंने खुद उसे मार दिया था; मैं आज तक उसी फैसले पर कायम हूँ... मैंने अपनी छोरी को मार दिया था.. पूरा गाँव इस बात को जानै है। सारा गाँव आज भी मेरी मिसाल देता है कि मुखिया जी ने गाँव में बेटी को मारकर मिसाल कायम कर दी थी।’’ एक बार फिर पंचायत स्थल बाबा जी की बहादुरी की मिसाल पर तालियों से गूँज उठा।

शायद पंचायत में बाबा जी की बातों पर सहमति जताने के लिए बज

रही तालियाँ इंसानियत को शर्मशार कर रही थीं, जिसे कोई निर्दय बाप ही कर सकता था। पंचायत का माहौल देखकर साक्षी के घर से आए लोग अपनी जीत को लेकर आश्वस्त हो गये। अगर उस समय साक्षी की आत्मा भी वहाँ होगी तो जरूर ये ही सोच रही होगी कि भगवान मुझे अगले जन्म में बेटी मत बनाना। अपने उन घरवालों की सोच पर आँसू बहा रही होगी, जो उस पंचायत में अपनी ही बेटी की हत्या को सही ठहरा रहे थे। सोच रही होगी कि भगवान अगली बार मुझे इंसानों के घर में जन्म देना।

पंचायत चल ही रही थी कि साक्षी के पापा खड़े हुए और बाबा जी की ओर तीन लाख रुपये की पोटली बढ़ा दी। बाबा जी ने खुशी से उसे स्वीकार भी कर लिया।

अब पंचायत जीत गयी थी और साक्षी हार गयी थी। पहले विवेक से हारी... फिर परिवार से हारी... समाज से हारी... और आखिर में पंचायत से भी हार गयी। एक छोटी सी जान ही तो थी.. बेचारी किस किस से हारती, शायद इसलिए मौत से हार गयी होगी। अगर जिंदा होती तो भी पंचायत की उन दलीलों का सामना न कर पाती, जो उसके पिता ने पंचायत में दी थी। पिता ने भरी पंचायत में स्वीकार किया कि उसके भाइयों ने बेटी को मारकर अच्छा काम किया है। अगर अगले जन्म में भगवान साक्षी से जन्म से पहले पूछेंगे कि वो क्या बनेगी... बेटी या बेटा... तो शायद कभी बेटी बनना स्वीकार नहीं करेगी।

एक पल के लिए विवेक उठ खड़ा हुआ.. जैसे साक्षी ने उसकी आत्मा को, उसके सोए हुए जमीर को जगा दिया हो। पता नहीं कहाँ से वो हिम्मत जिंदा हो गयी जो साक्षी के साथ मर गयी थी। मुँह से भरी पंचायत में बस यही शब्द निकला कि... ''यो केस वापस न हो सकै है।''

कुछ देर चुप रहने के बाद विवेक तेज आवाज में बोल पड़ा... ''मैं पंचायत का फैसला नहीं मानता हूँ.. भरी पंचायत में आप सभी से एक सवाल पूछ रहा हूँ कि क्या किसी की हत्या करना पाप नहीं है? कैसे कोई किसी की हत्या को जायज ठहरा सकता है। हमें नहीं चाहिए तीन लाख रुपये और इलाज का पैसा, अब ये केस वापस न हो सकै है।''

हत्या और मौत की भी कोई परिभाषा हो सकती है, ऐसा उस दिन पंचायत में पता चला। विवेक की बात सुनकर साक्षी के चाचा जी उठे और कहने लगे.. ''तेरे बाबा जी ने अभी भरी पंचायत में कहा है कि उन्होंने तेरी बुआ को मारा था; हमने अपनी बेटी मार दी, केस बिल्कुल एक जैसा है। तुमने भी अपने घर की छोरी मारी थी और हमने भी अपने घर की छोरी मार दी।''

''हाँ, वो भी हत्या थी और ये भी हत्या है... वर्षों पहले हमारे घर में जो भी हुआ, मैं उसे भी जायज नहीं मानता हूँ।'' विवेक ने कहा था।

साक्षी के चाचा विवेक को धमकाने लगे.. ''तेरी बुआ की हत्या जायज है और हमारी छोरी की नाजायज। जब तेरी बुआ मरी थी तब भी तू इतना बोला था?'' इस सवाल का विवेक के पास कोई जवाब नहीं था। हत्या उसकी बुआ की भी हुई थी और साक्षी की भी हुई थी। विवेक कुछ नहीं बोला, चुपचाप खाट पर बैठ गया।

पंचायत भी अब तिजारत के उसूलों पर चल रही थी। कुछ लोग हत्या की खूबियाँ गिना रहे थे और विवेक अकेला उस हत्या की कमियाँ गिनाने में लगा था। बाबा जी गुस्से से विवेक की ओर देखने लगे। पहली बार घर में किसी ने उनके फैसले को नामंजूर किया था। विवेक के तर्क सुनकर बाबा जी को गुस्सा आ गया। पंचायत में पहली बार किसी ने उनकी चौधराहट को ललकारा था। वो गुस्से में अपनी जगह से खड़े हो गये और विवेक को तीन चार चाँटे जड़ दिये। विवेक क्या करता, शांत रहा। बाबा जी का विरोध करने के अब बचा ही क्या था। बाबा जी ने साक्षी के गाँव से आए पंचों को विदा किया। दोनों गाड़ियाँ जीत का जश्न मनाती हुई फर्राटा भरती हुई उस गाँव से चली गयीं।

विवेक फिर जोर से चिल्लाया... ''मैं ये केस वापस नहीं लेने वाला हूँ.. आप कैसे किसी की जान की कीमत तीन लाख रुपये लगा सकते हैं और ये पंचायत किस उसूल पर चल रही है।''

इतना सुनते ही बाबा जी की त्यौरियाँ चढ़ गयीं। अभी गोली के जख्म सूखे भी नहीं थे, पैर में लगी गोली का तो दर्द भी सही नहीं हुआ था। बाबा

जी ने विवेक को खाट से नीचे धकेल दिया। एक पैर में पट्टी बँधी थी। वो संतुलन न बना सका और जमीन पर गिर पड़ा। मैं एक अजीब सा वीडियो बनाने का काम कर रहा था.. मेरी हिम्मत जवाब दे गयी और वीडियो बनाने का काम बंद कर दिया।

जमीन पर पड़े हुए विवेक को बाबा जी ने तीन चार जूतियाँ और मार दी। चीखते हुए बोले.. ''पूरा गाँव हमारी दुहाई देता है कि मुखिया जी ने समाज की खातिर अपनी बेटी को मार दिया था, तू है कि मेरे खिलाफ आवाज उठा रहा है।''

विवेक बोला.. ''बाबा जी, जिसने खुद की बेटी मार दी, वो दूसरों की बेटी की मौत का दर्द क्या समझेगा।''

बाबा जी का पारा तो चढ़ता ही चला गया और चार-पाँच जूतियाँ और विवेक को मार दी और उसे घसीटते हुए सड़क पर ले आये। वो टूटा हुआ शरीर गोलियों से पहले ही छलनी था, कोई विरोध न कर सका। बाबा जी को न तो विवेक की हालत का अंदाजा था और न ही उन्हें विवेक से कोई हमदर्दी ही बची थी। जिस कंधे और पैर को गोली लगने के बाद से बचाकर चल रहा था, आज उन जख्मों पर किसी ने हमला कर दिया था। पंचायत बस उस अनचाहे मंजर को देख रही थी, विरोध करने की हिम्मत किसी में न थी। सब दबी जुबान से बाबा जी के व्यवहार को सही ठहरा रह थे। सब खामोश रहे।

बाबा जी निर्दय हो चुके थे, लेकिन माँ का दिल कहाँ निर्दय होता है। माँ अंदर से भागती भागती बेटे के पास पहुँच गयी। बाबा जी से हमेशा पर्दा करने वाली चाची विवेक के पास आकर बैठ गयी। गली के खड़ंजे पर पड़ा विवेक बस बाबा जी की गालियाँ सुने जा रहा था। जब माँ ने विवेक को बाबा जी की मार से बचाने की कोशिश की, तो बाबा जी ने माँ को धक्का दे दिया। विवेक को बुरा तो लगा, लेकिन कुछ कर नहीं पाया।

विवेक को गली में फेंककर बाबा जी फिर पंचायत में पहुँचे और एक बेरहमी वाला ऐलान करते हुए तुगलकी फैसला दे दिया... ''मैं पूरी पंचायत और गाँव के सामने ऐलान करता हूँ कि इस छोरे से (विवेक से) कोई वास्ता

न है, मैं इससे सारे रिश्ते नाते खत्म करता हूँ।'' पंचायत में शोर सुनकर प्रियंका भी घर से बाहर की तरफ भागती हुई आयी। भाई की हालत देखकर रहा न गया और बाबा जी के सामने बोल पड़ी... ''आपने भाई को इतनी बेरहमी से मारा है, क्या गलती है इनकी? वो बस सच का साथ दे रहे हैं इसलिए आपने उन्हें मारा।'' बाबा जी ने एक थप्पड़ प्रियंका को भी मार दिया।

बाबा जी ने उस तीन लोगों के अधूरे परिवार पर सितम ढाने में कोई कसर नहीं छोड़ी और पंचायत में फिर एक बार ऐलान कर दिया.. ''मेरा बेटा (विवेक के पापा) तो मर गया, बहुत दिन पहले; अब मुझे उसके परिवार की कोई जरूरत नहीं है... मैं पूरे गाँव के सामने फैसला सुनाता हूँ कि आज के बाद हमारे परिवार का इन तीनों से कोई रिश्ता नहीं है.. मैं अपनी संपत्ति से तीनों को बेदखल करता हूँ।'' इतना कहकर बाबा जी घर के अंदर चले गये और एक चेतावनी भी दे गये ''दस मिनट के भीतर घर में मुझे कोई नहीं दिखना चाहिए, तीनों को कभी गाँव में घुसने नहीं दिया जाएगा।''

देश निकाला

कुछ ही घंटों में सब कुछ कितना बदल गया था। गाँव के जिन बुजुर्गों के हाथ आशीर्वाद के लिए उठने चाहिए थे, उन्होंने पंचायत में आज सिर्फ तमाशा देखा था। एक ऐसा तमाशा, जहाँ नायक घायल पड़ा था और नायिका मर चुकी थी। उस पंचायत में सिर्फ गलत फैसले नहीं हुए थे... एक दिवंगत आत्मा का अपमान भी हुआ था। तमाशबीन सब जता चुके थे। एक घायल विवेक पड़ा था, जिसने उस गलत फैसले का विरोध किया था। वो घर, जहाँ खुशियाँ रहती थीं, आज वहाँ सन्नाटा पसरा था। खड़ंजे से उठाकर हम उसे घेर में ले आये।

गुमसुम सा विवेक कुछ देर में माँ से बोल पड़ा कि... ''हम अब इस गाँव में नहीं रहेंगे।''

माँ बेटे को दुलार रही थी। प्रियंका ने हैरानी से देखा.. ''भाई हम कहीं नहीं जा रहे हैं।'' लेकिन माँ जानती थी कि बाबा जी कुछ भी कर सकते हैं, इसलिए प्रियंका से कहने लगी.. ''नहीं, अब हम यहाँ नहीं रहेंगे।''

वो घर, जहाँ विवेक के पापा की यादें रहती थीं; आज उस अधेड़ महिला ने वो घर छोड़ने का फैसला भी बड़ी आसानी से कर लिया था। वो

उसके पापा की यादों के नाम पर बेटे को नहीं खो सकती थी।

अक्सर बीमार रहने वाली वो महिला खुद से जैसे लड़ रही थी। पंचायत के एक फैसले ने उसका हँसता-खेलता परिवार बर्बाद कर दिया था। चेहरे की उड़ी हवाइयाँ किसी खतरे के अंदेशों को बयां कर रही थीं। विवेक के कहने पर मैं ऑटो लेकर घर आ गया। चाची बहुत घबराई हुई थीं, उन्हें नहीं पता था कि वो कहाँ जाएँगी। फिर भी उस गाँव से रुखसती चाह रही थीं। भविष्य के खतरे को भाँपकर ही उन्होंने गाँव छोड़ने का फैसला कर लिया था। गाँव छोड़ने के लिए ऑटो, घेर के दरवाजे पर लग चुका था। दीवार के सहारे से लगा विवेक खड़ा था। बाबा जी के सामने घूँघट किये हुए चाची खड़ी थीं। चाची में रिश्तों की लिहाज थी, तभी तो बाबा जी के मुँह से निकल रही गंदी गालियों के बाद भी कोई जवाब नहीं दिया था। विवेक के ताऊ जी ने तो एक बार भी उस परिवार से रुकने के लिए नहीं कहा था।

सामान के नाम पर एक संदूक, एक सूटकेस और एक स्कूल बैग था। स्कूल बैग प्रियंका के स्कूल टाइम का रहा होगा। सामान ऑटो में रखकर विवेक ऑटो में बैठने ही वाला था कि कुछ सोचकर घर के अंदर चला गया। पैर में जख्म था तो लँगड़ाकर धीरे-धीरे घर के अंदर प्रवेश कर गया। मैं उसके पीछे-पीछे घर के अंदर की ओर भागा, तो वो बाहर की ओर बने कमरे में चला गया। दरवाजे के पीछे गेहूँ की बोरियों पर एक बैग रखा था। ये वही बैग था, जिसे मैं लखनऊ से उस दिन लाया था। इससे पहले वो बैग उठाता, मैंने बैग कंधे पर टाँग लिया और घर से बाहर निकल आए।

पंचायत खत्म होने के बाद फिर एक पंचायत जुड़ चुकी थी। बाबा जी अपने फैसलों को गंदी गालियों के साथ सही ठहराने में जुटे रहे। गाँव से हमेशा हमेशा के लिए रुखसत हो रहे उस परिवार को रोकने की जहमत किसी ने नहीं उठायी। कुछ मुँह छिपाकर हंस रहे थे, तो कुछ लोग एकदम शांत होकर ये सब तमाशा देख रहे थे। वो सारा सामान ऑटो में रखकर गाँव छोड़ने को बेमन से तैयार हो गये।

समय, दिन और महीने रुक गये। उस घर से और उस गाँव से जुड़ी यादें दिमाग में घूमने लगीं... बाबा जी, ताऊ जी, विवेक, चाची और

प्रियंका... सभी के चेहरे वही थे, लेकिन आज सभी की फितरत अलग थी। प्रियंका, छज्जे को देखकर सोचने लगी कि बाबा जी ने कभी इस छज्जे पर आने की अनुमति भी नहीं दी थी। बारहवीं के बाद पढ़ाई के लिए कभी कालेज नहीं भेजा.. जैसे कुछ सवाल रह रहकर दिमाग में जगह बना रहे थे। लेकिन जब पंचायत में भाई पिट रहा था तो वो सहन न कर पायी और बाबा जी ने एक चाँटा मार दिया.. यही सोचकर प्रियंका की आँखों में आँसू छलक आए।

प्रियंका को जिम्मेदारियों ने उम्र से पहले बड़ा बना दिया था। पापा की मौत के बाद वही मम्मी का सहारा थी। विवेक तो पढ़ने और नौकरी के लिए शहर चला गया था। बाबा जी ने कभी मम्मी को भी घर से बाहर निकलने की अनुमति नहीं दी थी। प्रियंका ही तो उस घर की सीमाओं में माँ के दुःख-दर्द बाँटती थी। उम्र में तो वो बीस साल की ही थी, लेकिन पिता के जाने के बाद इतनी कम उम्र में बीमार माँग की देख-रेख की जिम्मेदारियों ने उम्र से पहले सयानी बना दिया था। अच्छा ओढ़ने-पहनने की इच्छा पर घरवालों के रूढ़िवादी विचार भारी पड़ गये। कभी जींस तक नहीं पहनने दिया। वो खुले आसमान में उड़कर बुलंदी को छूना चाहती थी; भाई की तरह पत्रकार बनने का सपना जेहन में था। सभी अरमान रूढ़िवादी विचारधारा के बोझ के नीचे दफन हो गये... घरवालों ने पढ़ने की इजाजत कभी न दी। प्रियंका इन्हीं विचारों में खोई हुई थी। माँ को भी सँभालना था, इसलिए आँसू रोकने की भरसक कोशिश कर रही थी।

ऑटो चल चुका था। पूरा गाँव एक परिवार की बदनसीबी देख रहा था। पंचायत के बाद गाँव में एक पंचायत जुड़ चुकी थी। गलियों का पीछा छोड़कर बाबा जी जोर से चिल्लाये... अपनी जायदाद में से किसी को एक फूटी कौड़ी तक नहीं दूँगा; तुमने पंचायत का फैसला नहीं माना है, पंचायत तुम्हें कभी गाँव में प्रवेश नहीं करने देगी, सभी का सामाजिक बहिष्कार किया जाएगा। दी जा रही गंदी गालियाँ विवेक को बर्दाश्त न हुई और ऑटोवाले से चलने का इशारा कर दिया।

ऑटो के चलते ही विवेक ने गर्दन घुमाकर बाहर निकाली और गली के उस मोड़ तक घेर व घर को निहारता रहा। उसका बचपन इन्हीं गलियों में

गुजरा था। गाँव की ही कमला चाची, रीमा बुआ, संतोष ताई, रामपाल चाचा, बिरजू भैया... न जाने कितने लोगों ने बचपन से अब तक उसे अपने अपनेपन का अहसास दिया था। वो सब अपनी छतों पर और अपने दरवाजे पर खड़े होकर गाँव से जाते परिवार को विदाई दे रहे थे। अब ऑटो गाँव की चार गलियों को पार कर चुका था.. विवेक ने अब ये भी तय कर लिया था कि वो बाबा जी को भी सजा दिलाएगा।

ऑटो में पिछली सीट पर बीच में बैठी माँ भी अपनी पुरानी यादों में खोई हुई थी। आँखों से आँसू निकल रहे थे, लेकिन मुँह को साड़ी के पल्लू से ढके रखा। सुबकियों की आवाज भी दोनों ओर बैठे बच्चों तक नहीं आने दी। ऑटो के बीच में एक पुराने जमाने का लोहे का संदूक रखा था। ये वही संदूक था, जिसे वह अपनी शादी में लायी थीं। शादी के बाद वो विवेक के पापा के कपड़े और अपनी कुछ महँगी साड़ियाँ उस संदूक में ही तो रखती थीं। हमेशा घर के कोने में पड़ा रहने वाला संदूक पहली बार उस घर से बाहर आया था। जब तक वो उस घर में रहीं, ये संदूक ही उनका साथी रहा और आखिरी दिन साथ भी ले जा रही हैं। ऑटो भी धीरे-धीरे गाँव की गलियों से निकलकर मुख्य सड़क पर आ गया। माँ ने हल्की सी गर्दन घुमायी और सयानी हो रही बेटी की ओर देखा.. सोच रही थीं कि बेटी की शादी कैसे होगी। बेटी के भविष्य की चिंता ने माथे पर लकीरें खींच दी।

अचानक गाँव से बाहर निकलते ही वो स्टेशन भी आ गया। जब पहली बार उस गाँव में आयी थीं तो इसी स्टेशन पर उतरी थीं। फिर शादी के वो दृश्य भी सामने आन लगे, जब पहली बार वो शादी के बाद उस घर में आयी थीं तो पिता जी ने कहा था कि तेरी अर्थी ही अब उस घर से उठेगी... वही अब तेरा घर है। वो तो मरने से पहले ही जिंदा अर्थी बनी उस घर से कहीं दूर अंजान जगह पर चली जा रही थीं। खैर... अब इन बातों को सोचने का कोई मतलब नहीं रह गया था, किस्मत तो जैसे एक दिन में पलट ही गयी थी।

अब सबसे बड़ा सवाल यही था कि जाना कहाँ है। न तो उनके पास इतने पैसे थे कि कहीं महीनों रहा जा सके और न ही कोई ठिकाना था। चाची भी जानती थीं कि बिना पैसों के कहीं ठिकाना नहीं मिलेगा। अपने

<table><tr><td>अधूरी दास्तां...</td><td>105</td><td>मोहित कुमार शर्मा</td></tr></table>

भाई पर भरोसा था, इसलिए पिछली वाली सीट से बोल पड़ीं... ऑटो को शहर की ओर लेकर चलना... वहाँ विवेक के मामा के घर चलते हैं; वहाँ कुछ दिन रहेंगे और फिर रहने की जगह तलाश लेंगे''

विवेक के मामा जी आर्मी में थे और मामी जी टीचर थीं। शायद उम्मीद होगी कि तीन इंसानों का कुछ दिन का खर्च तो वो उठा ही सकते हैं। थोड़ी देर में हम मामा जी के घर पहुँच गये। हमारा सामान देखकर किसी को यह समझते हुए देर नहीं लगी कि हम वहाँ क्यूँ आएँ हैं। हम बाहर वाले कमरे में बैठ गये और चाची, प्रियंका, नानी और मामी भीतर वाले कमरे में जाकर बैठ गये। बाहर तक आवाजें आ रही थीं कि वो सब पंचायत में घटी घटनाओं और विवेक पर हुए हमले की चर्चा कर रहे थे। विवेक भी एक गहरी सोच में डूबा हुआ था कि अब घरवालों का खर्च कैसे चलेगा... प्रियंका और माँ की जिम्मेदारी कैसे उठायी जाय।

हम बाहर खामोश बैठे थे, तभी वहाँ प्रियंका के साथ विवेक की नानी भी आ गयीं। नानी की उम्र नब्बे साल रही होगी। बुढ़ापे के कारण चल नहीं पाती थीं इसलिए विवेक को देखने अस्पताल नहीं जा सकी थीं। नानी, विवेक को आशीर्वाद दिये चली जा रही थीं। कभी बलैयाँ लेतीं तो कभी आशीर्वाद दे देतीं। विवेक की दादी और नाना जी तो बचपन में ही मर गये थे। बाबा जी से कभी प्यार की उम्मीद ही न रही; सबसे ज्यादा दुलार विवेक को नानी से ही मिला था। नानी के जाने के बाद बात होने लगी कि अब नौकरी कैसे मिलेगी और कहाँ नौकरी करेंगे। प्रियंका वहीं पास में शांत बैठकर सब सुन रही थी।

विवेक ने प्रियंका की ओर देखा। उसने वही सूट पहना हुआ था, जो विवेक लखनऊ से उसके लिए लाया था। जिस दिन वो सूट लाया था तो प्रियंका से कहा था कि अगली बार जब वो वापस आएगा तो उसके लिए दो सूट और लाएगा। विवेक अपना वादा पूरा न कर सका। विवेक की निगाह देखते ही प्रियंका समझ गयी कि विवेक क्या सोच रहा है और कहने लगी.. ''वही सूट है, जो आप लखनऊ से मेरे लिये लाये थे।''

विवेक ने हाँ में गर्दन हिला दी और बोला.. ''मुझे यह भी याद है कि तुझे दो सूट और दिलाने हैं।''

प्रियंका, घर की माली हालत समझ रही थी.. ''नहीं भैया... इतना भी अच्छा नहीं है... ठीक ठाक है बस।''

''चल कोई बात नहीं... जो अच्छा लगे उसे ले लेना।''

गाँव से निकल जाने के बाद परिवार की हालत ठीक नहीं थी। न तो विवेक के पास रोजगार था, न परिवार के पास दूसरी आमदनी का कोई जरिया।

कुछ दिन बाद।

समय की यही तो खूबी होती है... अच्छा हो या बुरा, गुजरने की रफ्तार बराबर रहती है। बड़े बड़े हादसों के बाद जिंदगी आखिरकार पटरी पर लौट ही आती है। हादसे से उबरकर जिंदगी की ओर लौटना शायद नियति होती है। दिल्ली में हमने जिस अखबार में इंटरव्यू के लिए बायोडाटा लगाया था, वहाँ से इंटरव्यू की डेट भी आ गयी। इंटरव्यू तो औपचारिकता मात्र था। मुजफ्फरनगर से ट्रेन पकड़कर हम सीधे इंटरव्यू देने दिल्ली पहुँच गये। इंटरव्यू में वही हुआ जो होना था... हमें नौकरी मिल गयी। संपादक जी ने ज्वाइनिंग के लिए अगले महीने की डेट दे दी। परिवार का गुजारा करने के लिए नौकरी की तलाश थी, वो हमें मिल चुकी थी।

नौकरी हमें अखबार के ऑनलाइन पोर्टल में मिली थी। हमारी हसरत तो रिपोर्टिंग करने की थी। नौकरी की जरूरत थी, शायद इसलिए हम ज्यादा मोलभाव नहीं कर पाये। सेलरी भी छब्बीस हजार रुपये महीना थी। हमने नौकरी के लिए हाँ कह दी, इसके अलावा कोई विकल्प भी तो नहीं था। हम दिल्ली से सेलरी का हिसाब लगाते हुए वापस लौट ही रहे थे कि विवेक बोल पड़ा... ''अदालत में सुनवाई की डेट कब लगी है?''

हम केस पर चर्चा ही कर रहे थे कि अचानक हमें याद आया कि पुलिसवाले से फोन करके पूछते हैं, केस में क्या चल रहा है; क्यों न उसी पुलिसवाले से ही जानकारी ली जाए।

''हैलो! जितेन्द्र राणा जी बोल रहे हैं?''

''मैं विवेक बोल रहा हूँ.. पहचाना? पिछले महीने आप अस्पताल में मिले थे।'' विवेक ने फोन पर कहा था।

''हाँ मैंने पहचान लिया... वहीं न जिस पर पिछले महीने हमला हुआ था।'' उस पुलिसवाले ने फोन पर रिप्लाई किया था।

''सर, मैं पूछना चाह रहा था कि केस में क्या प्रगति हुई है?'' विवेक ने फोन पर सवाल पूछा

''केस चल रहा है... पाँचों आरोपियों की गिरफ्तारी हो चुकी है.. अदालत में सुनवाई की डेट भी आ चुकी है, अगले हफ्ते सोमवार को सुनवाई की डेट लगी है।''

''जी सर।'' विवेक इतना बोला ही था कि उधर से फोन कट गया, शायद वो पुलिसवाला जल्दी में रहा होगा।

फोन कटते ही मैंने पूछा... ''क्या कहा पुलिसवाले ने?''

''अदालत की डेट सोमवार को लगी है; नीरज उस दिन तूने पंचायत में वीडियो बनायी थी, वो कहाँ है?''

मैंने बिना कुछ कहे अपना फोन उसकी ओर बढ़ा दिया। फिर विवेक शांति से उस वीडियो को देखता रहा। करीब पंद्रह मिनट के वीडियो में वो सब कुछ था, जो उस केस को मजबूत बनाता था। वीडियो में विवेक के घरवाले और गाँव वाले बार-बार साफ-साफ लफ्जों में उसे हत्या बता रहे थे... अंतर सिर्फ इतना था कि विवेक उसे हत्या बता रहा था और साक्षी के घरवाले सामाजिक मान-मर्यादा के लिए की गयी हत्या मानकर सही ठहरा रहे थे।

करीब चार-पाँच बार वीडियो देखने के बाद उसने मेरा फोन लौटा दिया और गहरी सोच में डूब गया। मैं कुछ बोलता, इससे पहले ही बोल पड़ा.. ''मैं सोच रहा था कि इस वीडियो को अदालत में सभी के सामने रखेंगे; इसकी डीवीडी बनाकर अदालत में जज को दिखाएँगे।''

'हम्मम'

विवेक ने एक बार फिर उस वीडियो को देखा और फिर बोला.. ‘‘इस वीडियो में बार-बार बाबा जी कह रहे हैं कि उन्होंने ही बुआ को मारा था।’’

‘मतलब?’

‘‘मतलब मैं कह रहा हूँ कि बुआजी के केस को भी दोबारा से ओपन कराया जाय।’’

‘‘तू बाबा जी को भी जेल कराएगा... उन्हें हत्या के जुर्म में फँसाएगा? अगर केस खुला तो तेरे पापा की भी बदनामी होगी, क्योंकि तेरी बुआ की हत्या में वो भी तो शामिल थे।’’

‘‘हाँ पापा की भी बदनामी होगी। उस दिन पंचायत में साक्षी के घरवालों ने सही तो कहा था कि तुमने भी अपनी बेटी को मारा था, हमने भी अपने बेटी को मार दिया, दोनों में अंतर क्या है।’’ वो शांत हो गया, क्योंकि मरने के बाद अपने पापा की बदनामी भी नहीं कराना चाहता था। हत्यारों को सजा दिलवाने के लिए अब बस कोर्ट की तारीख का इंतजार था।

आखिरी पन्ना

समय जैसे करवट सी ले रहा था। समय की धुंध उस अधूरे रिश्ते पर भी जम चुकी थी। घटना के कुछ ही दिन बाद जिंदगी की गाड़ी पटरी पर लौटने लगी थी। कैसे कुछ ही समय में हँसती-खेलती जिंदगी उदास होकर बैठ गयी थी। उस घटना के बाद तो विवेक डायरी लिखना भूल गया था... लेकिन अपनी प्रिय दोस्त डायरी को भुला पाना इतना आसान भी न था। अगले दिन अदालत में डेट लगी थी... उस दिन विवेक की डायरी के पन्नों का लिखा हर अल्फाज दर्द बयां कर रहा था।

विवेक की डायरी...

बचपन में मेरी दादी कहती थीं कि जो लोग मर जाते हैं, उन्हें भगवान अपने घर बुला लेता है... भगवान अच्छे लोगों को तारा बना देते हैं। आज कुछ देर पहले मैं छत पर खड़ा होकर आकाश में आपको ढूँढ़ रहा था; मुझे एक भी तारा तुम्हारे जैसा नहीं लगा। जिस दिन आप मुझे आखिरी बार मिली थीं, उस मुलाकात का एक-एक पल मुझे अब तक याद है। आपने नीले रंग का वही सूट पहना हुआ था, जो हमने अमीनाबाद से खरीदा था।

आपके साथ बिताया हर पल मेरी जिंदगी का सबसे खूबसूरत लम्हा था। आपकी मौत के लिए कहीं न कहीं मैं भी खुद को जिम्मेदार मान रहा हूँ। उस दिन न मैं आपसे मिलने के लिए आता और न आप मरतीं... अब तो मैं आपसे माफी भी नहीं माँग सकता हूँ; आप तो मेरे माफी मांगने से पहले ही इस दुनिया को छोड़कर चली गयीं। मेरी जिंदगी को खूबसूरत बनाने के लिए आपका बहुत बहुत धन्यवाद।

अगले जन्म में फिर मिलेंगे। इन जातियों की जंजीरों को अब तोड़ने का समय आ गया है। मैं आपका केस पूरी मेहनत के साथ लड़ूँगा और आपके घरवालों को सजा दिलवाकर रहूँगा। वो हैवान आपके भाई थे? यकीन तो नहीं होता है। खैर, इंसानियत तो मेरे घरवालों में भी नहीं थी। प्यार भी कितना अजीब सा अहसास होता है न, उसके लिए हम दुनिया से लड़ सकते हैं। तुम्हारे लिए मैंने अपने घरवालों से भी लड़ाई कर ली। लखनऊ में बिताया गया हर पल मुझे आज भी उन बीते हुए पलों की याद दिला जाता है। मुझे नई नौकरी मिल भी गयी है, सेलरी भी अच्छी खासी है।

लेकिन आपके बिना इस नौकरी का कोई मोल नहीं है। ये नौकरी, ये शहर और पैसा सब कुछ तो पराया सा लगता है। पहले सोचता था कि आपके लिए कोई कविता लिखूँ... कभी शब्द ही नहीं तलाश पाया। मैं जानता हूँ कि आप इस कविता को नहीं पढ़ सकती हो, फिर भी आपके नाम ये कविता लिख रहा हूँ...

उड़ गयी तू उस पंछी जैसी, इंसानों की दुनिया से।
यहाँ बँधी थी एक बेड़ी में, वहाँ उड़ेगी अंबर में।।

पंछी बनकर आऊँगा मैं, दोनों मिलकर साथ उड़ेंगे।
क्या कहेगी दुनिया फिर, ये पंछी कैसे आजाद हुए।।

उस गगन में आशा होगी, न उम्मीदों पर पहरा होगा।

न जाति धर्म की बंदिश होगी, पूरा नभ हमारा होगा।।
पंछी बनकर रोएँगे हम, जब जब अत्याचार होगा।
तू नागर की चिड़िया होगी, मैं जाटों का बाज बनूँगा।।

आसमान भी अपना होगा, धरती पर फिर राज करेंगे।
हिन्दू दे या मुस्लिम भी, सबका दाना अपना होगा।।

सच कहता हूँ दुनिया वालों, मेरे घर या बाहर वालो।
रोज मरेगा अपना भी कोई, जब जब ऐसा खेल चलेगा।।

आग लगा दो पंचायत को, होली जला दो अभिमानों की।
नील गगन में उड़ने दो अब, मेरे सपनों का क्या होगा।।

बेटी थी तू उस घर की, उस आँगन की चिड़िया भी थी।
पंख काटकर फेंक दिया क्यूँ, अब कैसे तू उड़ान भरेगी।।

उड़ गयी तू उस पंछी जैसी, इंसानों की दुनिया से।
यहाँ बँधी थी एक बेड़ी में, वहाँ उड़ेगी अंबर में।।

ये पन्ना विवेक की डायरी का आखिरी पन्ना था। ये पन्ना लिखने के बाद उसकी कलम खामोश हो गयी थी। इस कविता में पंचायत के खिलाफ गुस्सा भी था और समाज से शिकायत भी थी। अब इन पंक्तियों का कोई मतलब नहीं रह गया था। कविता पढ़कर मेरी आँख भर आयी। ये कविता चीख चीखकर हमारी सामाजिक स्थितियों पर चोट कर रही थी। इन पंक्तियों में गुस्सा था... मुझे इस कविता को पढ़कर यकीन ही नहीं हो रहा था वो अल्हड़, देहाती कुछ अच्छा लिख भी सकता है। भावनाओं में लफ्ज कहाँ होते हैं; भावनाएँ तो लफ्जों को खुद तलाश लेती हैं। इन चंद पंक्तियों ने समाज में बराबरी की पोल खोल दी थी।

अदालत का आखिरी सफर

समय कहाँ रुकता है! आखिर वो तारीख भी आ गयी, जब कोर्ट में गवाही के लिए पेश होना था। सुबह सात बजे से पहले मैं विवेक के घर पहुँच गया। घरवालों को पता था कि आज केस में सुनवाई होनी है। हम बाइक से अदालत में गवाही देने के लिए निकल पड़े। समय की करवटों ने शरीर के जख्मों को भर दिया था। विवेक ने गवाही के लिए मुझे भी तैयार कर लिया था। घर से निकलने से पहले हमने केस पर बहुत रिसर्च किया... अदालत में केस कमजोर न पड़ जाये।

अदालत पहुँचने से कुछ किलोमीटर पहले हम उस क्षेत्र से गुजरे, साक्षी जहाँ की रहने वाली थी। ये महज डर नहीं था... ये हकीकत थी उस क्षेत्र की, जहाँ समाज में झूठी इज्जत बनाये रखने के लिए बेटियों की हत्या कर दी जाती है। बेटियाँ ही उनका आसान शिकार बन जाती हैं। मन में कुछ सोचते-सोचते कोर्ट पहुँच गये। हमें केस लड़ने के लिए वकील की जरूरत नहीं पड़ी। सरकारी वकील हमारे केस की पैरवी कर रहा था।

हम अदालत परिसर में जाकर खड़े हो गये। हल्की ठंडी हवाएँ अदालत के बरामदे में ठिठुरन पैदा कर रही थीं। हम उस कोर्ट के बाहर खड़े रहे, जहाँ हमारी सुनवाई होनी थी। न हमारे सरकारी वकील आए और न ही

जज आए थे। वहाँ खड़े लोगों में कुछ के चेहरे पर हँसी देखी जा सकती थी, तो कुछ लोग निराश भी थे। सामने से साक्षी के घरवाले भी बरामदे में आकर खड़े हो गये। वो चार-पाँच लोग थे... बात तो आपस में कर रहे थे, लेकिन घूर हमें ही रहे थे। सामने से साक्षी के चाचा चलते हुए हमारे पास आए और विवेक के कंधे पर हाथ रखकर बोले... "खेलने-कूदने की उम्र में ज्यादा नहीं उछलना चाहिए।" दूसरे हाथ से मेरे कंधे को दबाते हुए बोले... "यो सही काम न कर रहे हो दोनों।" वो अपना काम करके चले गये। हम शांति से एक दूसरे को देखते रहे और वहीं खड़े रहे।

इतने में जज साहब आ गये और अदालत में पहुँचकर अपना स्थान ले लिया। हमारे वकील साहब भी जज साहब के पीछे अदालत में घुसे। कोर्ट में कुछ चुनिंदा लोग ही बैठे थे। हमारे वकील साहब रमाशंकर दीनानाथ अहलूवालिया अदालत में हमारे पास आए और बिना कुछ बोले ही पन्नों को पलटने लगे। वो जानते थे कि हमारा केस मजबूत है। वो घर से होमवर्क करके आये थे। सामने लंबी दाढ़ी वाला, गुर्जर परिवार का वकील था।

जज साहब सज्जन दिखाई पड़ रहे थे। कुछ ही समय में अदालत में पाँचों गिरफ्तार आरोपी भी आ गये। पुलिस ने उन्हें रस्सियों व हथकड़ियों से बाँधा हुआ था। अदालत में पहुँचते ही उन्होंने गर्दन हिलाकर परिवारवालों का अभिवादन स्वीकार किया... जैसे कितना महान काम करके जेल गये हों। इतने में जज साहब ने अदालत की कार्यवाही शुरू कर दी।

थोड़ी देर में हमारे वकील साहब खड़े होकर जज साहब की ओर देखते हुए बोले... "ये जघन्य अपराध है, जिसमें बेटी की हत्या की जाती है; सामने बैठे इस शख़्स पर हमला किया गया; इसकी किस्मत अच्छी थी कि ये बच गये। जज साहब, ऑनर किलिंग का मामला है, आरोपियों को कड़ी से कड़ी सजा मिलनी चाहिए..."

जज साहब ने चश्मे को ऊपर उठाते हुए कहा... "क्या हुआ था उस दिन, अपना पक्ष विस्तार से रखिये।"

वकील साहब ने साक्षी के भेजे आखिरी ई-मेल का प्रिंट जज साहब की ओर बढ़ा दिया... "ये वही ई-मेल का प्रिंट है, जो साक्षी ने मरने से

पहले विवेक को भेजा था... इसकी भाषा देखकर आप समझ सकते हैं कि वो उस दिन कितना ड़री हुई थी। उस दिन साक्षी की हत्या हो जाती है और विवेक पर भी हमला होता है। जज साहब, गौर से देखिये, इसमें भी एकदम स्पष्ट शब्दों में लिखा है कि विवेक जी पर हमला भी साक्षी के घरवालों ने ही करवाया था।''

जज साहब ने ई-मेल पढ़ा और वकील साहब को देखने लगे... बिना कुछ बोले ही 'हूँ' में सिर हिला दिया।

वकील साहब हमारा पक्ष रखते हुए बोले... ''साक्षी और विवेक दोनों बहुत अच्छे दोस्त थे; दोनों लखनऊ में एक दफ्तर में रिपोर्टर की नौकरी करते थे। दोनों एक दूसरे से प्यार करते थे, लेकिन साक्षी के घरवालों को ये मंजूर नहीं था। साक्षी एक पढ़ी-लिखी शालीन लड़की थी, तभी तो उसने अपने घरवालों को उस शादी के लिए मनाने की कोशिश की थी।'' जज साहब उस आखिरी मेल को पढ़ते हुए बार-बार वकील साहब को देखते रहे।

वकील साहब ने अपनी बात बढ़ाते हुए जज साहब की ओर देखा। ''उस दिन विवेक और साक्षी दोनों ने मिलने का प्लान बनाया था। विवेक उससे मिलने के लिए ही गाँव के पास वाले बाजार में आया था, जिसकी भनक साक्षी के घरवालों को भी लग गयी थी। वहीं से विवेक को उठाया गया और गोली मारकर फेंक दिया गया और इन्होंने अपनी बहन को भी मार दिया... शुक्र है विवेक बच गया..''

वकील साहब की दलीलों पर जज साहब ने सिर हिला दिया।

''जज साहब! कितनी अजीब बात है न, उसी दिन विवेक पर हमला होता है और साक्षी की मौत हो जाती है; दोनों में कुछ कनेक्शन है, केस एकदम साफ है, आरोपियों को गंभीर सजा मिलनी चाहिए, ये ऑनर किलिंग है... साक्षी के आखिरी मेल में भी साजिश की पुष्टि होती है......'' हमारे वकील साहब अपनी बात रख ही रहे थे कि विपक्षी वकील ने आपत्ति जताई तो जज साहब ने उन्हें अपना पक्ष रखने की अनुमति दे दी।

लंबी दाढ़ी वाले महानुभाव; देखकर ही लग रहे थे कि जैसे वो हारा

हुआ केस लड़ रहे हों, फिर भी अपना पक्ष तो रखना ही था... "उस दिन साक्षी की मौत सुबह सात बजे हृदयगति रुकने से हुई थी, दोपहर में उसका अंतिम संस्कार कर दिया गया। घर में सभी लोग बहुत दुखी थे, सब घर पर ही थे; ऐसे में मरने या मारने का तो कोई मतलब ही नहीं बनता।" सच की अदालत में एक बार फिर सच को चुनौती मिल रही थी। वकील साहब ने सवाल-जवाब के लिए विवेक को कटघरे में खड़ा करने की इजाजत माँगी।

जज साहब ने इशारे में इजाजत दे दी और विवेक अपनी जगह से उठकर लकड़ी के चौखटे के उस पास जाकर खड़ा हो गया... "वकील साहब ने विवेक की ओर देखकर पूछा कि आपका नाम विवेक है?"

इस बार विवेक ने हाँ में जवाब देते हुए सिर हिलाया।

वकील साहब ने विवेक को देखकर झूठी कहानी सुनाते हुए कहा... "उस दिन आपको दिन में गोली लगी थी; आपको होश तो शाम को ही आ गया था, ऐसे में आपने तीसरे दिन सोच समझकर बयान दिया; आप साक्षी की मौत पर राजनीति क्यों कर रहे हैं?"

इतना सुनकर जैसे विवेक के घुटनों की जान ही निकल गयी हो, वह निढाल होकर लकड़ी का चौखटा पकड़कर नीचे बैठ गया। आँखों से झर झर आँसू बहने लगे। शायद आँसू इसलिए थे कि विवेक को साक्षी की मौत पर घरवालों का ड्रामा अखर रहा था।

कुछ सेकेंड के लिए अदालत शांत हो गयी। जज साहब विवेक को देखे जा रहे थे... जज साहब ने बस इतना कहा... "सँभालिये खुद को...." लेकिन विवेक कहाँ सँभलने वाला था। महिला सशक्तिकरण का झंडा थामने वाली साक्षी उसकी यादों में दस्तक दे रही थी। बिना सबूतों के आरोप-प्रत्यारोपों का दौर उसे पसंद नहीं आया होगा, शायद इसीलिए आँखों से आँसू बनकर बह निकली।

वकील साहब विवेक की इस कमजोरी को भुनाने में लग गये... "बताइए विवेक जी, आपने ऐसा क्यूँ किया? साक्षी तो आपकी अच्छी दोस्त थी, आपने उसकी मौत पर भी एक ड्रामा रचा..."

आँसुओं से भरी आँखों से अदालत की दुनिया धुँधली दिखने लगी

थी। विवेक ने हिम्मत करके अपना दाहिना हाथ साक्षी के चाचाजी और पिताजी की ओर इशारा करने के लिए बढ़ा दिया... "जज साहब, अगर साक्षी को इन्होंने नहीं मारा था, तो ये हमारे घर पर समझौता करने के लिए क्यों आए थे?"

जज साहब ने विवेक की ओर देखा.. "अगर आपके पास कोई सबूत है तो हमें दीजिए।"

पुलिस ने भी इस बीच घटना वाले दिन विवेक और साक्षी के फोन की लोकेशन की डिटेल, कॉल डिटेल जज साहब के सामने रख दी। जज साहब उन्हें पढ़ने में व्यस्त थे। इतने में विवेक ने अपना मोबाइल जज साहब की ओर बढ़ा दिया... मोबाइल में वो वीडियो चल रहा था, जो पंचायत वाले दिन बनाया गया था। जज साहब ने वीडियो देखा और पेन ड्राइव में पड़े वीडियो को जाँच कराने के लिए ले लिया।

विवेक ने जज साहब की ओर देखते हुए विनती भरे लहजे में कहा.. "जज साहब, मेरे बाबा जी भी केस को प्रभावित कर रहे हैं; इस वीडियो में साफ है कि मेरे बाबा जी भी हम पर केस वापस डालने का दबाव बना रहे हैं।"

'मतलब?'

"मतलब मेरे बाबा जी हम पर केस वापस लेने का दबाव बना रहे हैं।"

इतना सुनकर जज साहब ने पुलिस को निर्देश दिया कि वह बाबा जी को भी आरोपी बनाये।

कुछ देर खामोश रहने के बाद विवेक ने फिर जज साहब की ओर देखा... जज साहब वीडियो ही देख रहे थे। कुछ देर वीडियो देखने के बाद पेन ड्राइव में पड़े वीडियो की जाँच करने का निर्देश दे दिया।

विपक्षी वकील ने बेल की अर्जी लगायी थी। कुछ पन्ने पलटते हुए जज साहब ने उस दिन का निर्णय सुनाया.. "यह एक गंभीर मामला है; आरोपियों को अभी बेल नहीं दी जा सकती है, बेल की अर्जी नामंजूर की जाती है।"

इतना कहकर जज साहब ने अगली तारीख मुकर्रर कर दी। हथौड़े की थाप सुनकर विवेक के चेहरे पर हल्की सी अनचाही मुस्कान आ गयी। विवेक के चेहरे पर गम साफ देखा जा सकता था। विवेक फिर कटघरे में ही बैठ गया। सोच में पड़ गया कि ये कौन सा दिन आ गया है, जब उसे खुद के बाबा जी को ही आरोपी बनवाना पड़ रहा है। कुछ ही देर में अदालत खाली हो चुकी थी। वहाँ से निकलकर हम कुछ देर बरामदे में खड़े रहे।

विवेक मेरी तरफ देखते हुए बोला... ''भाई, पता नहीं कैसी लड़ाई लड़ रहा हूँ... उस इंसान की लड़ाई लड़ रहा हूँ जो अब उस दुनिया में है ही नहीं; पता नहीं ठीक कर रहा हूँ या गलत।''

मैंने बिना किसी शब्द के उसकी आँखों में देखते हुए अपनी बात कह दी... '' ठीक कर रहा है, अपराधी तो अपराधी ही होते हैं।''

''अगर साक्षी मुझे ऊपर से देखती होगी तो क्या कहती होगी?'' इस सवाल का जवाब देना थोड़ा मुश्किल था। मरने के बाद कोई किसी को देखता थोड़ी है... फिर भी सवाल का जवाब तो देना ही था.... ''क्या सोचती होगी; यही सोचती होगी कि उसके लिए तू कितनी बड़ी लड़ाई लड़ रहा है; तुझे तो वो अब भी प्यार करती होगी... वो तो बस अपने घरवालों को ही कोसती होगी।''

''पता नहीं।'' कहकर विवेक खिड़कियों से बाहर झाँकने लगा। कुछ देर शांत रहने के बाद फिर अपनी प्रतिक्रिया दी.. ''बाबा जी के खिलाफ केस दर्ज कराकर पता नहीं क्यूँ अजीब सा लग रहा है.. मुझे उनकी शिकायत करने में अच्छा नहीं लगा... लेकिन उस दिन जब पंचायत में मम्मी और प्रियंका के साथ गलत व्यवहार हुआ था, वो मुझे अच्छा नहीं लगा था; न चाहकर भी बाबा जी के खिलाफ जाना पड़ा....''

'हम्म्म।'

''केस प्रभावित करने के जुर्म में बाबा जी की भी गिरफ्तारी हो जाएगी। मुझे बड़ा अजीब सा लग रहा है।'' इन शब्दों में पश्चाताप झलक रहा था।

एक और हत्या

कुछ देर वहाँ खड़े होकर हम एक दूसरे से बात करते रहे। हमारे वापस जाने का समय हो चुका था। आखिर कब तक उस कोर्ट के बीच खड़े रहते। कोर्ट की दीवारों से उखड़ा प्लास्टर इस बाद की तस्दीक कर रहा था कि उन दीवारों के भीतर सच और झूठ की कितनी दलीलें चली होंगी, जिसे वो प्लास्टर सहन नहीं कर पाया होगा। एक ऊँची छत इशारा कर रही थी कि कानून देश में सबसे बड़ा होता है। काश! इस देश में किसी ने ये भी इशारा किया होता कि ये जिंदगी जाति-धर्म से बड़ी होती है। हम कुछ बीती हुई धुँधली यादों के बीच गेट की ओर चल पड़े। विवेक पीछे घूमकर अदालत को देखने लगा।

हम मोटरसाइकिल से कुछ किलोमीटर दूर ही चले थे कि अचानक एक काले रंग की गाड़ी हमारे बराबर से गुजरी और बराबर बराबर में चलने लगी। ये वही गाड़ी थी, जो उस दिन पंचायत में शामिल होने वाले लोग लाए थे। गाड़ी हमारे बराबर बराबर में चल रही थी। खतरे का अंदेशा तो था, लेकिन खतरे से अंजान थे। अचानक गाड़ी का आगे वाला शीशा खुला। आगे वाली सीट पर साक्षी के चाचा जी बैठे थे। उनके हाथ में पिस्टल थी पिछली सीट पर बैठे शख्स ने गोलियाँ चलानी शुरू कर दी।

इससे पहले हम कुछ समझ पाते, वो एक के बाद एक गोली चला रहे थे। गोली लगते ही विवेक निढाल होकर गिरने लगा। मैं मोटरसाइकिल का बैलेंस न बना सका और हम दोनों वहीं सड़क पर गिर पड़े। गाड़ी में बैठे लोग विवेक को तीन गोली मारकर जा चुके थे। इससे पहले मैं कुछ समझ पाता, जैसे-तैसे खुद को सँभाला। बराबर में बेसुध सा विवेक पड़ा था, शायद कोई साँस बाकी थी। इन साँसों के साथ वो आखिरी उम्मीद भी टूट रही थी, जो साक्षी को न्याय दिलाने के लिए बँधी थी।

उसके हाथ की उँगलियां हिल रही थीं, लेकिन शरीर में हलचल खत्म सी हो रही थी। गर्दन के साथ शरीर पूरा मुड़ा पड़ा था। मैंने उसे हिलाया। सड़क पर सीधा करके लिटाया तो मुड़ी गर्दन, खुली आँख और पीठ पर बड़े-बड़े जख्मों से बह रहे खून ने पुष्टि कर दी थी कि अब वो इस दुनिया में नहीं रहा। वो उँगलियां भी अब शांत हो गयीं और सूरज की रोशनी में भी अंधेरा छा गया। एक पल में मेरी दुनिया दुनिया ही उजड़ गयी। साँसों की डोर अब टूट चुकी थी। तमाशा देखने वालों का हुजूम लग गया। वो सबसे मुश्किल समय था। अब तो उसने पलक झपकनी भी बंद कर दी थी।

मैं समझ नहीं पाया कि एक पल में कैसे दुनिया ठहर सी गयी। उसके बराबर में बैठकर बस उसके शरीर की किसी हलचल का इंतजार करता रहा। आँखों से लगातार आँसू बहे जा रहे थे। जोर जोर से आवाज लगाने के बाद भी वो वहाँ से नहीं उठा। कुछ ही देर में पुलिस की गाड़ी भी वहाँ आ गयी तो मन में एक उम्मीद सी जगी... "सर प्लीज, मेरे दोस्त को बचा लो!''

पुलिस भी इसी उम्मीद में अस्पताल लेकर गयी थी कि शायद जान बच जाय। डॉक्टर ने अस्पताल में आने से पहले ही हाथ खड़े कर दिये। बस नब्ज पकड़ी और सॉरी कहकर निकल गये। मेरे कुछ कहने से पहले ही उस पुलिसवाले ने कहा कि पंचनामे की तैयारी करो, तो मैं बस विवेक का मुँह देखे जा रहा था। जब विवेक ने मुझे कोई इशारा नहीं किया... न पलक झपकाई और न ही मेरी तरफ देखा। मैंने उसका एक हाथ पकड़ लिया और जोर जोर से हिलाया। वो स्टेचर से गिरने लगा तो जैसे तैसे सँभाला। अब उसके शरीर में जान ही कहाँ बची थी।

मोर्चरी मतलब, मुर्दाघाट। सफेद कपड़े में लिपटा विवेक अब गहरी नींद में सो चुका था... जिस नींद का कोई सवेरा नहीं होगा। मैं अकेला फूट-फूटकर रो रहा था। वहाँ लोग पत्थर बने खड़े थे। उन्हें न मुझसे कोई हमदर्दी थी और न ही मेरे मरे पड़े दोस्त से ही कोई हमदर्दी थी। तभी पुलिसवाले ने अपने काम की बात करते हुए कहा.... ''बॉडी के परिजनों का पता और नंबर क्या है?''

जब उस पुलिसवाले ने विवेक को बॉडी के नाम से पुकारा.तो मेरे तन बदन मे जैसे आग सी लग गयी। उसने मेरा कंधा पकड़कर उठाया। विवेक की मम्मी से बात करने की मेरी हिम्मत नहीं हुई कि मैं उस बुढ़िया को बता सकूँ कि अब उसका बेटा इस दुनिया में नहीं है। मैंने नंबर पुलिसवाले की ओर बढ़ा दिया। पुलिसवाले ने नंबर मिलाया और बात करने के लिए उधर चला गया। अब मेरे अंदर इतनी हिम्मत ही नहीं बची थी कि उसकी मम्मी और बहन का सामना कर पाता।

पुलिस ने मुझसे एक-एक करके केस की कड़ियाँ जोड़ते हुए सारी कहानी ही पूछ ली। जिन्हें मैं जानता था, मैंने हर उस शख्स का नाम रिपोर्ट में लिखवा दिया जो भी विवेक पर हमला कर सकता था। पुलिस ने सफेद कपड़े में उस लाश को बंद कर दिया। इतने में विवेक के रिश्तेदार भी वहाँ पहुँच गये। पोस्टमार्टम की तैयारी में थे, कि किसी तरह पंचनामे के बाद पोस्टमार्टम हो जाए। ये तैयारी विवेक को इस दुनिया से रुखसत करने की थी। विवेक के मामा जी, फूफा जी, मौसा जी सहित बहुत से रिश्तेदार वहाँ थे।

पोस्टमार्टम के बाद खुले ट्रक में विवेक का शव रखकर हम घर की ओर निकल पड़े। ट्रक के एक कोने में विवेक पड़ा था। बाकी लोग चारों तरफ खड़े थे। वहाँ खड़े लोगों ने अचानक वही चर्चा शुरू कर दी कि भाई लड़की का चक्कर बुरा होता है। कुछ लोग तो घटना के लिए मुझे ही जिम्मेदार ठहरा रहे थे। उनकी इन बातों और आरोपों का मैं कोई जवाब नहीं दे पाया। बीच-बीच में उस दिन गाँव में हुई पंचायत पर चर्चा चलती रही। शायद ट्रक में खड़े लोग उस मातम की घड़ी में भी समय काट रहे थे।

इतने में ट्रक, विवेक के गाँव के बाहर पहुँच गया। ट्रक गाँव के बाहर

ही खड़ा था। विवेक के फूफा जी बोल पड़े... ''अंतिम संस्कार तो गाँव में ही करेंगे।''

मैं सब चुपचाप अपनी यादों में खोया हुआ सुन रहा था। चलते ट्रक में अंतिम संस्कार पर लोगों में लंबी मंत्रणा हुई। सहमति इस बात पर बनी कि अंतिम संस्कार गाँव में ही किया जाए। तभी विवेक के फूफा जी ने फोन निकाला और विवेक के बाबा जी के पास मिलाया... फूफा जी ने बाबा जी को इस दुखद घटना की जानकारी दी। उन्हें पहले से ही जानकारी थी कि विवेक अब दुनिया में नहीं रहा।

फूफा जी ने बाबा जी से खूब विनती कि विवेक का अंतिम संस्कार गाँव में किया जाए। बाबा जी ने गाँव में विवेक का अंतिम संस्कार कराने से साफ इंकार कर दिया। विवेक की मौत के बाद भी उन्होंने पंचायत की दुहाई देते हुए फोन पर कहा... ''पंचायत में मैं उस परिवार से सारे रिश्ते-नाते तोड़ चुका हूँ, ऐसे में गाँव में अंतिम संस्कार नहीं करने दूँगा और न ही अंतिम संस्कार में खुद शामिल होने आऊँगा।'' फूफा जी की सारी कोशिशें बेकार गयीं... बाबा जी किसी की एक बात न समझ पाये।

दुश्मन की मैय्यत में भी लोग शामिल हो जाते हैं, लेकिन बाबा जी ने अपने पोते से रिश्ता तोड़ लिया था। उनके लिए रिश्तों से बड़ी पंचायत थी; इंसानियत से बड़ा पंचायत के मुखिया का ओहदा था। पंचायत में जो रिश्ता टूटा था, वो आज भी अपनी टूट की कहानी बयां कर रहा था। जिस दिन उस पंचायत के सदस्य बने थे, शायद उसी दिन उनकी इंसानियत मर गयी थी। पंचायत ने उस दिन अगर विवेक का साथ दिया होता तो शायद आज उसकी मौत न हुई होती। उस ट्रक में लदे लोगों के सामने एक सवाल अब भी मुँह बाये खड़ा था कि अंतिम संस्कार कहाँ होगा।

ट्रक, विवेक के गाँव के सामने खड़ा था, लेकिन बाबा जी ने रास्ता रोक दिया था। विवेक के मामा जी बोल पड़े... ''अंतिम संस्कार की क्रिया हमारे घर पर ही होगी। दिमाग में बस विवेक और साक्षी को न्याय दिलाने की बात ही चल रही थी। बीच-बीच में एक खयाल दिमाग में रह रहकर आ रहा था कि क्या जवाब दूँगा चाची जी को... सुबह उनके सामने ही विवेक को जिंदा लाया था घर से और अब...''

इस आपसी रंजिश में किसी ने अपना बेटा खोया था, किसी ने भाई खोया था; मैंने अपना दोस्त खोया था... लेकिन इस कहानी में किसी ने अपनी बेटी को नहीं खोया था, वो तो इसे शहादत मानते थे। गली के नुक्कड़ से घर आने का अहसास हो गया था। ट्रक जैसे ही घर के बाहर रुका... चाची बेहोश होकर गिर पड़ीं। वो मरे हुए बेटे का चेहरा भी नहीं देख पायीं। घर के लोग उन्हें होश में लाने की कोशिश में लगे थे।

सफेद कपड़े मे लिपटे शरीर को ट्रक से उतारा गया, जिस पर बीच बीच में खून के दाग थे। विवेक सबके दुःख-दर्द से अंजान उस चौक में लेटा रहा। प्रियंका तो भाई का चेहरा देखते ही पागल सी हो गयी.... ''नहीं ऐसा नहीं हो सकता!'' नियति को यही मंजूर था और ये सब हो चुका था। यह समय हम सबके लिए जिंदगी का सबसे मुश्किल समय था। माँ, बाप, बेटा और बेटी की चार कड़ी वाली चेन टूट चुकी थी। बीच की दो कड़ी कहीं ग़ायब हो गयी थी। पापा पहले साथ छोड़ चुके थे और भाई ने भी आज साथ छोड़ दिया था। इस अधूरी चेन में बचे थे तो बस माँ और बेटी। विवेक भी अगर जिंदा होता तो माँ और बहन के आँसू न देख पाता।

घर की महिलाएँ दोनों को शांत तो कर रही थीं, लेकिन वो चुप कैसे होतीं, उन्होंने तो अपना भाई और बेटा खोया था। माँ को होश आया तो वो भी बेटे से लिपटकर रोने लगीं। प्रियंका खुद तो रो रही थी, लेकिन माँ को सँभालने की कोशिश में लगी थी। अब वही तो एक दूसरे का सहारा बची थीं। दिमाग में बस विवेक ही घूम रहा था। उससे भी बड़ा सवाल दिमाग में चल रहा था कि कौन बनेगा चाची और प्रियंका का सहारा। पंचायत के फरमान के बाद तो वो अपना वैसे ही सब गँवा चुकी थीं।

कहते हैं न कि मुर्दें ज्यादा देर तक घर में नहीं रहते हैं। अभी माँ और बहन ने आखिरी बार विवेक को जी भरकर भी नहीं देखा था कि लोगों ने उसे घर या दुनिया से रुखसत करने के लिए अर्थी सजा ली थी। रुखसती मुझे या किसी को अच्छी तो नहीं लगी थी, लेकिन संसार का नियम ही कुछ ऐसा होता है कि बेमन से ही, रुखसती देनी पड़ती है। राम नाम सत्य है- राम नाम सत्य है... जैसे अनचाहे नारों के बीच विवेक को अर्थी पर आखिरी यात्रा के लिए लिटाया गया। घर से ही अंतिम यात्रा शुरू हो गयी। ये यात्रा,

जिसका अंतिम पड़ाव शमशान घाट ही था।

बेटे की अर्थी देखकर माँ से रहा न गया और बेटे का चेहरा देखने अर्थी के पास चली आयी। माँ ने बेटे के चेहरे पर आखिरी बार उँगलियाँ फेरी और इस उम्मीद के साथ देखने लगी कि शायद शरीर में कोई हलचल होगी। लेकिन वो बेजान शरीर कहाँ किसी की भावनाएँ समझता था। माँ-बेटे के चेहरे को पढ़ती हुई पुरानी यादों में डूबती चली गयी। माँ उन यादों में खो गयी, जब वो जन्म के बाद विवेक को पहली बार अस्पताल से घर लायी थी, पहली बार जब वो उस स्कूल छोड़ने गयी थी, पहली बार जब वो उसे मुंडन के लिए गंगाजी लेकर गयी थी। माँ, पढ़ी-लिखी तो ज्यादा न थी, लेकिन बेटे की भावनाएँ जरूर समझती थी। पुरानी यादों में खोयी हुई माँ के सामने विवेक का चेहरा सामने पड़ा था, लेकिन आज उसे भी माँ से कोई हमदर्दी न थी। माँ रो रही थी और वो चुपचाप उस अंजान सी दुनिया में विचरण कर रहा था।

अर्थी के दूसरी ओर प्रियंका, माँ को ध्यान से देख रही थी। आँखों में आँसू और दिल में छिपी हुई कुछ धुँधली यादें। आँगन में बस रोने-चीखने की आवाजें थी। प्रियंका अभी बच्ची ही तो थी। कभी माँ को देखकर रो लेती, तो कभी भाई को देखकर।

शायद यही दुनिया का दस्तूर भी होता है कि खुशियों का स्वागत जितने उत्साह के साथ करती है, उतनी ही बेरुखी से गमों को विदा भी करती है। ऐसा ही कुछ इंसानों के साथ भी होता है। वो जन्म लेता है तो ढोल बजाकर खुशियों को लंबा खींचते हैं और जब मरता है तो चार कंधों पर विदा भी कर देते हैं। चार कंधों पर सवार विवेक अपनी अंतिम यात्रा पर निकल पड़ा।

राम नाम सत्य है- राम नाम सत्य है, जैसे नारे, कानों में इस बात की तस्दीक कर रहे थे कि अब वो वापस लौटकर नहीं आने वाला है। अर्थी, घर से निकल चुकी थी। उस घर में रह गयी थीं तो बस विवेक की यादें। उन यादों के सहारे जिंदा थी तो उसकी माँ और बहन.... जो शायद कभी उम्र भर भी सब्र न कर पायें कि कभी उनका कोई बेटा या भाई भी था।

शमशान घाट की ओर बढ़ते कारवां में लोग अपने आप जुड़ते चले गये। विवेक के गाँव से उसके दादा जी अंतिम यात्रा में शामिल होने के लिए नहीं आए। मैं रास्ते भर एक ही बात सोचता रहा कि मेरे दोस्त को पंचायत ने मारा था। पंचायत में उस दिन अगर उसके घरवाले साथ होते तो शायद वो न मरता। लकड़ियों के ढेर पर लेटे विवेक को जला दिया गया। जब तक आग नहीं लगी थी, उसका चेहरा दिख रहा था... आग की लपटों ने अपनी आगोश में लेते हुए ऐलान सा कर दिया कि मैं तेरे दोस्त को तुझसे छीन रही हूँ। उस रात मेरी विवेक के घर जाने की हिम्मत न हुई। आखिर कैसे करता चाची और प्रियंका का सामना। मैं उनके डर से अपने घर लौट गया।

देर रात तक मैं सोने की कोशिश करता रहा। रात भर विवेक की मौत के लिए खुद को दोषी मानता रहा। आँखों में नींद कैसे आती, आँखों के सामने मौत का वहीं मंजर सामने घूमता रहा। अगर मैं मोटरसाइकिल तेज चलाता तो शायद जान बच जाती, जैसे सवाल मैं खुद से पूछता रहा। सोचते ही सोचते कब नींद ने अपनी आगोश में ले लिया, पता ही नहीं चला। नींद में भी बस पंचायत, अस्पताल, लखनऊ और अदालत ही घूम रही थी। पूरी रात उन यादों के सहारे कैसे गुजरी, पता ही नहीं चला।

अगले दिन सुबह उठकर फिर उन्हीं यादों को देखने के लिए विवेक के घर के लिए निकल पड़ा। मेहमानों का जमावड़ा लगा था। भारतीय समाज में आज भी हम ये कहते हुए आसानी से सुन लेते हैं कि उसके घर में मौत हुई है तो हमें भी एक हाजिरी लगाने के लिए जाना पड़ेगा। घर ऐसे लोगों से भरा पड़ा था, जो अनचाही हाजिरी लगाने आए थे। एक दिन पहले जब हम कोर्ट में गवाही देने निकले थे, तो उस परिवार में तीन सदस्य थे... लेकिन आज दो ही सदस्य बचे थे। मुझे देखते ही विवेक की मम्मी फूट-फूटकर रोने लगीं। रात भर रोने के बाद उन आँखों से आँसू नहीं निकले। आखिर पूरी तरह सूख जो चुके थे।

प्रियंका बहुत बहादुर लड़की थी। भाई की मौत के अगले ही दिन उसने खुद को सँभाल लिया था। खुद से ज्यादा माँ की परवाह थी। अगले दिन ही विवेक की यादों को हमेशा हमेशा के लिए मिटाने के लिए तेरहवीं की तैयारी भी शुरू हो गयी। मामा जी और फूफा जी ने पंडित जी से

मिलकर तेरहवीं की तिथि तय कर ली। कुछ दिन बाद तेरहवीं भी हो गयी। तेरहवीं के साथ अंतिम संस्कार की सभी रस्में मुकम्मल कर ली गयीं।

डायरी से अधूरी दास्तां तक

सिर्फ पंद्रह दिनों में एक माँ ने भी तसल्ली कर ली थी कि अब बेटा वापस लौटने वाला नहीं है और बहन ने भी नियति से समझौता कर लिया था। इससे ज्यादा करने के लिए बाकी भी कहाँ था। विवेक के मामा जी ने उन दोनों बेसहाराओं को आश्वासन दिया था कि वो ताउम्र उनका खर्च उठाएँगे। तेरहवीं के बाद घर में थोड़ी बहुत खुशियाँ लौटने लगी थीं।

कुछ दिन बाद मैं विवेक के घर गया। चाची के पैर छूकर आशीर्वाद लिया और हम गाँव से जुड़ी यादों में खोने लगे। अधिकांश मुद्दे विवेक से जुड़े रहे। आँखों के नीचे बने काले घेरे, आँसुओं से सूजी आँखें और चेहरे पर छाई बेरुखी ये समझने के लिए काफी थी कि उसने जीवन में बहुत कुछ गँवाया है। चाची से बात कर ही रहा था कि प्रियंका एक पुराना गंदा सा बैग उठा लायी। ये वही बैग था जिसे मैं लखनऊ से लेकर आया था। उस बैग में कुछ यादें सहेजकर रखी गयी थीं।

जैसे ही प्रियंका ने बैग खोला, उसमें रखा एक-एक सामान मुझे अपने दोस्त की याद दिलाने लगा। साक्षी से जुड़ी हर छोटी बड़ी याद इस बैग में जिंदा थी। मरे तो बस विवेक और साक्षी थी। बैग के बाहर वाली चेन से एक अस्पताल की पर्ची निकली। मैंने पर्ची के ऊपर की देखा। उस पर लिखा

था... साक्षी नागर। ये साक्षी की उस दिन की पर्ची थी, जिस रात वो ज्यादा बीमार थी। वही रात, जब विवेक ने मुझसे झूठ बोला था कि वो पार्टी में गया है। इस पर्ची को देखकर मेरी आँख भर आयी। विवेक ने साक्षी से जुड़ी यादों को सँभालकर रखा था। वो पर्ची उसके किसी काम की न थी, लेकिन उस पर लिखा नाम ही उसे बहुमूल्य बना रहा था। उस नाम की खातिर ही उसे बड़ी शिद्दत से सँभालकर रखा था।

प्रियंका ने जब छोटी चेन से दूसरा सामान निकाला, तो मैंने झट से ये सामान उसके हाथ से छीन सा लिया। ये दस्ताने थे... कॉटन के दस्ताने। वही कॉटन के दस्ताने, जो साक्षी ने विवेक को दिये थे। लखनऊ में गर्मी बहुत पड़ती है... गर्मी में धूप से बाहर निकलने से हाथ जल जाते थे, तभी साक्षी ने विवेक को ये गिफ्ट किये थे। कितना परवाह करती थी वो विवेक की। उस दिन की धुँधली याद भी मेरे सामने आ गयी। उन दस्तानों को दिखाकर जब विवेक ने कहा था कि मुझे साक्षी ने ये दस्ताने गिफ्ट किये थे। उसने इन्हें ज्यादा इस्तेमाल नहीं किया था; बस उसकी यादों के तौर पर सँभाल लिया था।

प्रियंका ने जब बैग की दूसरी चेन खोली तो उसमें सिर्फ एक पर्ची रखी थी, पर्ची पर सिर्फ दो शब्द लिखे थे... ''जल्दी काम खत्म कर लो, सात बज गये हैं, मूवी छूट जाएगी।'' विवेक ने उसी पन्ने की पुस्त पर लिखा था ''मेरा काम खत्म हो गया, चलो।'' ये पर्ची दोनों ने कभी उस समय लिखी होगी, जब कभी दोनों मूवी देखने गये होंगे। इस पर्ची को देखकर मुझे ताज्जुब भी हुआ और रोना भी आया। मन में बस एक विचार आया कि कोई किसी को इतना प्यार कैसा कर सकता है? शायद वो ही कर सकता था।

प्रियंका शांत होकर सबकुछ बस देखती रही। बैग की तीसरी चेन में से कुछ भरी हुई डायरियाँ, कुछ में खबर लिखी तो कुछ में नोट्स बने हुए थे। इस बीच मेरी नजर उस डायरी पर पड़ी, जिसका गत्ता पीला था। ये वही डायरी थी, जो साक्षी ने विवेक को उसके जन्मदिन पर दी थी। जैसे ही डायरी के पन्ने पलटे तो एक ग्रीटिंग कार्ड निकल पड़ा। ये वही कार्ड था, जिसे साक्षी ने विवेक के जन्मदिन पर इस डायरी के साथ दिया था। जन्मदिन वाले दिन विवेक ने डायरी तो दिखायी थी, लेकिन ये ग्रीटिंग नहीं

दिखाया था। ग्रीटिंग में टू पर विवेक और फ्रॉम में साक्षी का नाम लिखा था।

ग्रीटिंग की पुस्त पर लिखा था... ''वी विल ऑलवेज फ्रेंड, टिल लाइफ, ऑफ्टर डेथ।'' ये शब्द मेरी अंतर आत्मा को झकझोर गये। क्या लिखा था... ''वी विल ऑलवेज फ्रेंड, टिल लाइफ, ऑफ्टर डेथ....'' हम हमेशा अच्छे दोस्त रहेंगे... मरने तक और उसके बाद भी। प्रियंका मेरे हाथों से ग्रीटिंग लेकर पढ़ने लगी तो आँखों में आंसू भर आए। शब्द ही कुछ ऐसे लिखे थे कि अच्छे अच्छों को रोना आ जाय। डायरी से निकले दूसरे पर्चे पर दवाई की रसीद पर लिखी गयी कविता थी, जिसे उस दिन विवेक ने मुझसे पेन लेकर अस्पताल में लिखा था......

(छोड़ चले इन गलियों को)

इन गलियों से गुजरे थे हम,
साथ कभी हम रहते थे।
इन गलियों को याद करो तुम,
हम तुम कैसे जीते थे।
इतनी कायर तो तुम भी न थी,
मौत से फिर क्यूँ हार गयी।
छोड़ गयी इस दुनिया को तुम,
सबसे क्यूँ नाता तोड़ गयी।
एक दूजे की खातिर क्यों हम,
अलग नहीं हो सकते थे।
छोड़ चले इन गलियों को अब,
जहाँ याद तुम्हारी रहती है।

भूलभुलैया चिड़ियाघर सब,
उनकी यादों में जिंदा हो।
पिज्जा बर्गर और ठेले सब,
मुझको खूब चिढ़ाते हैं।

साक्षी की भरी हुई रिपोर्टिंग डायरी, कभी गिफ्ट में दिये गये लाफिंग बुद्धा की रसीद जैसी कई छोटी-बड़ी यादें उस बैग से निकल पड़ीं। मैं देखता था कि विवेक तन्हाई में अक्सर अपनी डायरी में कुछ लिखा करता था। कभी उसने इन डायरियों को पढ़ने नहीं दिया था। आज रोकने वाला कोई नहीं था तो मैं इत्मिनान से इन डायरियों को पढ़ सकता था। उन डायरियों में उन दिनों के कुछ अधूरे और कुछ पूरे किस्से कैद थे। एक डायरी प्रियंका पढ़ने लगी और दूसरी डायरी मैंने उठा ली।

इन डायरियों में कुछ भटके हुए शेर भी थे, जिनकी भाषा और लिखने का तरीका अच्छा नहीं था। चंद पंक्तियां शायरियों में तब्दील कर साक्षी के लिए लिखी गयी थीं। ये नौसिखिएपन में लिखी गयी शायरी थी। जैसे-जैसे डायरी के पन्ने पलटते गये, पुरानी तस्वीरें मेरे सामने आने लगीं। इन डायरियों में अस्पताल, बस अड्डा, पंचायत. जन्मदिन, दफ्तर और लखनऊ सब कुछ तो था। इन डायरियों को पढ़कर उसकी अधूरी दास्तां को समझा जा सका।

ये महज दवाई की पर्ची, डायरी, दस्ताने या ग्रीटिंग कार्ड नहीं थे, वो तो एक चलती फिरती यादें थीं, जो चीख-चीखकर कह रही थीं कि दोनों एक दूसरे को बहुत प्यार करते थे, लेकिन समाज की कुरीतियों की नजर दोनों को खा गयी। चेहरे दोनों के अलग-अलग, लेकिन फितरतें बिल्कुल एक जैसी थीं। एक गंदे से थैले में बंद इन यादों को अब शायद पूछने वाला कोई नहीं है। वो सिर्फ और सिर्फ रुलाने का काम कर रही थीं। वो सब उस

प्रेम कहानी को अमर बनाने का काम कर रहे थे।

उस मैले से बैग से निकला हर सामान, समाज से एक सवाल भी पूछ रहा था कि क्या गलती थी दोनों की? क्या उम्मीद थी समाज को उनसे, जो इतनी छोटी उम्र में दोनों को विदा कर दिया। शायद ऊपरवाले ने ही दोनों का जीवन इतना छोटा और निर्दय मौत लिखी थी।

वो बुढ़िया माँ कमरे के उस कोने में बैठी, बैग से निकल रही हर चीज को गौर से देख रही थीं। वो कभी उन डायरियों को देख लेतीं तो कभी ग्रीटिंग को; कभी पर्चियों को। सब दूर से देख रही थीं। उम्र का अनुभव कहो या बेटे से जुड़ी चीजों से लगाव... उसने बिना कुछ कहे, सुने और बिन देखे ही सब कुछ समझ लिया। प्रियंका ने जब बैग की आखिरी चेन खोली तो उसमें से एक शील्ड और पेन ड्राइव निकली।

शील्ड को प्रियंका मेरे हाथ से छीनते हुए माँ के पास ले गयी। शील्ड के ऊपर अंग्रेजी में कुछ पंक्तियाँ लिखी थीं। माँ के मुँह से एक शब्द भी नहीं निकला, लेकिन नजर दौड़ाते हुए उन शब्दों को देखने लगी, जिनमें कुछ लिखा था। माँ पढ़ी-लिखी तो ज्यादा न थी, लेकिन जीत का मतलब उसे अच्छी तरह से पता था। शील्ड ने बेटे की काबिलियत पर भरोसा और ज्यादा बढ़ा दिया था। प्रियंका, अंग्रेजी में लिखी पंक्तियों को पढ़कर सुनाने लगी। माँ को अंग्रेजी के लफ्ज समझ में नहीं आए, लेकिन बोल पड़ी कि ये काबिलियत की निशानी है। आँसुओं से भरी आंखों से बेटी को गले लगा लिया। उस बैग से निकले हर सामान ने उनकी यादों को ताजा कर दिया।

अब मेरे हाथ में पेन ड्राइव थी। मैंने डाटा केबल से फोन में पेन ड्राइव जोड़ ली। इस पेन ड्राइव में दोनों के फोटो थे। वही फोटो जो उन्होंने लखनऊ में कभी लिये होंगे। एक फोटो में मॉल की बालकनी में उतरता जीना साफ नजर आया, जब दोनों ने सेल्फी ली थी। आइसक्रीम खाते साक्षी के फोटो भी उस पेन ड्राइव का हिस्सा बन गये। प्रियंका मेरे बिना बताए ही फोटो में नजर आ रही उस अंजान लड़की को देखकर समझ गयी कि वो लड़की साक्षी नागर ही है। मेरे हाथ से फोन लेकर फोटो को जूम

करते हुए बोली... ''वही लड़की है न?''

मैंने हाँ में गर्दन हिला दी।

''भैया, अगर इसकी शादी विवेक भैया से हो जाती, पूरे गाँव में सबसे सुन्दर भाभी मेरी होती।''

मुझे समझ नहीं आया कि क्या कहूँ। इस बार फिर गर्दन हिलाकर सहमति दे दी।

इतना कहकर दूसरे फोटो को पलटने लगी... ''पता नहीं क्यूँ उनके घरवालों ने अपनी बेटी को मार दिया...'' थोड़ी देर चुप रहने के बाद मुँह से कुछ शब्द और निकल गये... ''और मेरे भाई को भी मार दिया... पता नहीं उन्हें क्या मिला दोनों को मारकर।''

उन डायरियों ने उत्सुकता बढ़ा दी थी कि उन डायरियों में क्या लिखा होगा। बिना कुछ बोले ही उन डायरियों को उठाकर मैं ऊपर वाले कमरे में ले गया। जैसे-जैसे डायरियों के पन्ने पलटते रहे, गुजरे वक्त की सभी तस्वीरें मेरे सामने आने लगीं। उन ड़ायरियों को मैं पलटता गया और अपने अतीत में उस अधूरी-प्रेम कहानी को खोजने में लगा रहा। घंटे, दिन और महीने पीछे लौटने लगे। जन्मदिन पर कौन सी फिल्म देखी... सब कुछ तो उस डायरी में कैद था।

कुछ पन्नों में साक्षी की बीमारी का जिक्र था। विवेक ने बेबाकी से अपनी भावनाओं को इन पन्नों में उतार दिया था। साक्षी को कैंसर था, ये जानकारी तो मुझे भी डायरी पढ़कर ही मिली। दोनों के बीच क्या चल रहा था, ये समझने के लिए ये डायरी ही काफी थी। मैं तो खैर ज्यादातर सब जानता था, लेकिन अगर कोई अंजान व्यक्ति भी इन्हें पढ़ता तो वो भी समझ लेता कि कैसे दो सच्चे दोस्त समाज से हार गये।

डायरी पढ़ने के बाद मेरे पास सोचने के लिए कुछ नहीं बचा था। मेरे मन में एक सवाल बार-बार दस्तक दे रहा था कि क्यों न हम साक्षी और विवेक के जीवन पर एक कहानी लिखें, ताकि लोग जागरूक हो सकें... शायद किताब पढ़ने के बाद लोग समझ सकें कि ऑनर किलिंग की घटनाएँ

समाज के लिए किस हद तक गलत हैं; समाज में कुछ बदलाव आएँ। मैं इन डायरियों को पढ़ ही रहा था कि अचानक प्रियंका चाय के साथ कमरे में दाखिल हुई और मेज पर चाय रख दी।

चाय का कप मैंने अपने हाथ में उठा लिया। अब बात करने की बारी थी। वो क्या कहेगी... "प्रियंका, मैं सोच रहा था कि जो भी हुआ गलत हुआ।"

प्रियंका ने बिना शब्दों के गर्दन ऊपर नीचे कर दी... हाँ, गलत हुआ।

"आजकल कौन मानता है इन सबको, ये सब नहीं होना चाहिए था।" इतना बोलकर मैं प्रियंका का चेहरा देखने लगा कि वो क्या कहेगी।

ये सुनकर प्रियंका का गुस्सा फूट पड़ा... "होना तो नहीं चाहिए था, लेकिन हो जाता है... उस दिन पंचायत में क्या हुआ... कैसे हमको घर से निकाला गया... भाई की मौत के बाद भी हमारा सामाजिक बहिष्कार हुआ और साक्षी के घरवाले, उन्होने तो दोनों को ही मार दिया...."

मैं इससे पहले कुछ कह पाता, उसने अपनी बात आगे बढ़ा दी। "अगर उस दिन गाँव में पंचायत न हुई होती तो भाई शायद बच जाता; अगर घरवालों ने भाई का साथ दिया होता तो वो हमारे साथ होता....."

इस बार मैंने बिना कुछ बोले अपने हावभाव से सहमति दे दी।

भाई की मौत के बाद भले ही वो अंदर से टूट गयी हो, लेकिन माँ को सँभालने की कोशिश में ज्यादा स्यानी हो गयी थी... उसका गुस्सा लफ्जों में फूट पड़ा।

मैंने मुद्दे पर बात करते हुए कहा.. "देखो प्रियंका, इस तरह की घटनाएँ समाज में होनी तो नहीं चाहिए लेकिन हो जाती हैं। जो कुछ हुआ बहुत बुरा हुआ, भविष्य में इस तरह की घटनाएँ न हों, इसके लिए हमें कोशिश करनी चाहिए।"

"कोशिश? कैसी कोशिश? वह समझ नहीं पायी थी

"ये हमारे समाज की कुरीतियाँ हैं, जो हर साल न जाने कितने लोगों

को अपना शिकार बना लेती हैं।'' मैं अब भी किताब की बात करने की हिम्मत नहीं जुटा पाया।

प्रियंका मेरी तरफ देखने लगी... ''अदालत में केस पड़ा है, इसके अलावा हम कर भी क्या सकते हैं... अदालत में पता नहीं कब तक केस चलेगा; दूसरी बात ये भी है कि हमारे गाँवों में जो पंचायत काम कर रही हैं वो भी तो समाज को बर्बाद कर रही हैं...''

''हाँ ये तो है।'' ये मेरा उत्तर था।

''पंचायतें समाज को बर्बाद करती हैं... किसी की मौत की कीमत लगा देना कहाँ तक जायज है। हमें ही देख लो, कैसे साक्षी की मौत के बाद पंचायत ने उनकी जान की कीमत लगा दी थी... हमारी तो कोई गलती नहीं थी, पंचायत ने तो हमारा सामाजिक बहिष्कार करते हुए गाँव से ही बाहर निकाल दिया था...'' प्रियंका के अंदर छिपा दर्द और समाज के खिलाफ टीस उभर रही थी।

मैं ज्यादा बात न करते हुए मुद्दे पर आ गया... ''देखो, ये विवेक की डायरी है, जिनमें बहुत कुछ लिखा है। मैं सोच रहा था कि इन डायरियों से एक नॉवेल लिखूं, क्यों न साक्षी और विवेक की जिंदगी को पिरोकर एक नॉवेल के रूप में लोगों के सामने रखा जाए। जो समाज को आइना दिखाए, कुछ सोचने पर मजबूर करे और कुछ लम्हों के लिए ही सही पर लोगों के जेहन में एक खयाल तो आए कि ऑनर किलिंग हमारे समाज और संपूर्ण मानवता के लिए किस हद तक गलत है...''

'मतलब?'

''इन डायरियों से मुझे जो समझ आ रहा है, उससे एक नॉवेल लिखूँ...''

साक्षी हैरानी से मेरी ओर देखने लगी... ''कैसे लिखेंगे हम नॉवेल; हमें नॉवेल लिखना नहीं आता है... वैसे भी अब हम ज्यादा तमाशा खड़ा करना नहीं चाहते हैं।''

मैंने गर्दन हिलाकर सहमति दे दी कि मैं लिखूँगा ये नॉवेल... प्रियंका

ने डायरी के पन्ने पलटते हुए अपने सवालों को पूछना शुरू कर दिया...
‘‘कौन पढ़ेगा हमारी नॉवेल को?’’

उसे समझाने की जिम्मेदारी मेरी थी... ‘‘ये वो पन्ना है जो विवेक ने अपने जन्मदिन पर लिखा था, ये वो पन्ना है जिसे उसने लखनऊ से आने के बाद लिखा था और ये वो पन्ना है जिसे उसने पंचायत के बाद लिखा था... और ये कविता है....’’

बिना कुछ बोले ही प्रियंका उस दिन डायग्नोस्टिक सेंटर और अस्पताल के पन्नों को ध्यान से पढ़ते हुए कहने लगी... ‘‘क्या साक्षी जी को कैंसर था.. इस डायरी में तो कुछ ऐसा ही लिखा हुआ है।’’

मैंने जवाब दिया... ‘‘हाँ उसे कैंसर था। ये विवेक का बड़ा दिल ही था कि उसने साक्षी को अपना लिया था। उसने मुझे भी कभी नहीं बताया कि साक्षी को इतनी गंभीर बीमारी है; मैंने भी आज ही इस डायरी में पढ़ा है।’’

‘हाँ...’

मुझे उम्मीद थी कि वो मान जाएगी... ‘‘मैं ये नहीं कह रहा हूँ कि नॉवेल लिखने से सब कुछ बदल जाएगा; लेकिन मेरा भरोसा है कि कुछ न कुछ तो जरूर बदलेगा। जब तक लोगों को पता नहीं चलेगा, तब तक कुछ नहीं बदलने वाला है।’’ बस फिर क्या था... कुछ देर बात करने के बाद मैंने प्रियंका को मना लिया।

कुछ देर सोचने के बाद प्रियंका बोली... ‘‘हम सिर्फ प्रचार-प्रसार नहीं करेंगे, बल्कि लोगों को जागरूक भी करेंगे, ताकि भविष्य में इस तरह की घटनाएँ कम हों।’’

शाम का समय था। दिन छिपने वाला था। ऐसे में अपने घर की ओर चल पड़ा। मन में ढेर सारे सवाल थे... कौन छापेगा हमारी किताब.... कैसे लिखेंगे नॉवेल... कौन पढ़ेगा हमारी नॉवेल... रह-रहकर ये सवाल मेरे जेहन में बार-बार दस्तक दे रहे थे, लेकिन इन सवालों का कोई जवाब मेरे पास नहीं था। पूरी रात बस उसी नॉवेल के बारे में सोचता रहा, लेकिन दिमाग में नॉवेल का नाम जरूर सोच लिया था... ‘अधूरी दास्तां...’ क्योंकि वो कहानी

भी तो अधूरी रह गयी थी।

छह महीने बाद...

दो महीने बाद आखिर वो समय भी आ गया, जब 'अधूरी दास्तां...' को लिखने का काम पूरा हो गया। पता नहीं पब्लिशर ने क्या सोचकर इस नॉवेल को छापने के लिए हामी भरी होगी। मात्र छह महीने के बाद इस नॉवेल ने हमारा जीवन ही बदल दिया। हम पहले से ज्यादा अमीर बन गये थे। नॉवेल की लाखों प्रतियाँ जो बिकी थी। पंचायत वालों ने इस किताब का विरोध करने का कोई मौका नहीं छोड़ा था। मजबूरन प्रियंका, चाची और मुझे मुजफ्फरनगर भी छोड़ना पड़ा और हम दिल्ली जाकर बस गये।

इतने दिनों में साक्षी-विवेक मर्डर केस में बाबा जी की भी गिरफ्तारी हो गयी। मामला अभी अदालत में चल रहा है। पता नहीं कब तक केस का फैसला आएगा। प्रियंका ने पत्रकार बनने का सपना पूरा करने के लिए दिल्ली के कॉलेज में दाखिला ले लिया। दरअसल नॉवेल लिखने का उद्देश्य पैसा कमाना था ही नहीं... लेकिन जिस मकसद से नॉवेल लिखा गया वो मकसद पूरा न हो सका। पैसा तो खूब कमा लिया लेकिन लोगों की सोच को न बदल सका। सोचा था कि लोग कुरीतियों का विरोध करेंगे, फिर ऑनर किलिंग नहीं होगी। हम गलत थे, कुछ नहीं बदला। विवेक और साक्षी की कहानी दोहरायी गयी और बदस्तूर यह आज भी जारी है। अखबारों में ऐसे किस्से समय दर समय पढ़ने को मिलने रहे।

यही सोचते-सोचते मेरा नाम लिटरेचर फेस्टिवल के मंच से पुकारा गया। एक प्राइवेट संगठन की ओर से ये आयोजन किया जा रहा था। इस नॉवेल के लिए मुझे पाँच लाख रुपये का इनाम और शील्ड मिली, लेकिन पैसों से भी ज्यादा महत्वपूर्ण था कि इस नॉवेल ने मुझे एक जाना-पहचाना लेखक बना दिया। मैं प्रियंका के साथ इनाम लेने आया था। दिमाग में बस एक ही सवाल घूम रहा था कि मैं भी कितना खुदगर्ज निकला अपने दोस्त की मार्मिक कहानी को मसालेदार बनाकर एक सफल लेखक बन बैठा।